Tras esas gafas de sol

María Bird Picó

Publicaciones Te Pienso
San Juan, Puerto Rico

Tras esas gafas de sol

ISBN-13: 978-0692222010
ISBN-10: 0692222014

© María Bird Picó, 2014
trasesasgafasdesol@yahoo.com

Correctoras: Awilda Cáez, María Zamparelli
Diseño y diagramación: Leonardo Galavís
(lgalavis@yahoo.com)
Diseño de logotipo: Sonia Haddock
Fotografía de la portada: Leonardo Galavís
(replicaphotography.com)
Modelo: Claudia Moreno
Fotografía de la autora: Estefanía Álvarez

Segunda edición, octubre 2014
Publicaciones Te Pienso
El Señorial 307 Ganivet
San Juan, Puerto Rico 00926

**Busca la página de "Tras esas gafas de sol"
en Facebook.**

CONTENIDO

Prólogo

Al momento de escribir esto, no sé bien qué libro es el que finalmente terminaré prologando, pues María todavía corrige borradores con la premura y la ansiedad de la prensa periódica a la que está acostumbrada por su oficio. Yo le cuento que los periodistas se han ganado el mayor de mis respetos, acostumbrada como estoy a la parsimonia de los trabajos académicos y las labores educativas, calmosos como tortugas. María no tiene tiempo para perder, la esperan otros proyectos y necesita hoy, ahora, este prólogo (que le he advertido mucha gente evitará leer). Tiene planes de seguir escribiendo guiones y relatos, debe leer varios libros, preparar la próxima edición de su revista y, seguramente, llevar la guagua al mecánico. Así pues, solidaria yo también con ella, escribo.

De todos estos cuentos, el primero que conocí fue el de la morcilla, que aparece aquí bajo otro título, "La irreverencia", una defensa de la autenticidad ante la asumida arrogancia de los saberes autorizados – academia, derecho, canon de belleza – a los que se enfrentan, de una forma u otra, todas las heroínas de este libro. Esa última morcilla que aparece tentadora en el plato entre dignificados comensales, es la prueba de la verdad. Ceder ante el impulso, mandar a freír espárragos a todos los que defienden los convencionalismos sociales, las exigencias de la moda, el *jetseteo* literario, todas las capillas excluyentes, todos los clubes exclusivos, en fin, todos los que se suman al *quedirán*, y comerse la morcilla es lo que ha hecho María con este libro. Se trata de catorce historias de mujeres. Algunas son locas, delirantes, pero también cautivas de convencionalismos sociales, lazos afectivos, tradiciones ya obsoletas. ¿Quién no ha querido ser otra? Así, pues, nos encontramos en este libro a la intelectual que cede a la tentación de un concurso televisivo, la ejecutiva que "amanece virá" cuestionando todo orden, la periodista que lucha contra su verdadera vocación, la escritora exitosa que se cita con un viejo amor, la recién parida que supera grotescamente la belleza de su criatura, la mujer policía que protege su vulnerabilidad, la tertuliana a quien le tienta la última morcilla, la dermatóloga que se enfrenta a su pasado a la hora de almuerzo, la madre que lucha por la perfección de su hijo, la joven que tiene una aventura erótica debajo de una manta, la magnate que se quiebra bajo un semáforo, la mecánica y excatedrática que celebra su mayor logro, la diplomática que prefiere ser cajera y la cantante que logra el éxito con la ayuda de unas gafas oscuras. En su mayoría son historias narradas con gran sentido del humor, y todas, aún las más serias, son parte de una misma travesura. *Tras esas gafas de sol,* sabemos, se esconde, como la Güíma del último cuento,

María (Tere) Bird Picó.

Viene María de una familia numerosa, y tiene una perspectiva particular de las transformaciones que ha sufrido (¿gozado?) la mujer actual, y ha sabido ver la riqueza anecdótica de las peripecias de aquellas que llevan, aparentemente, una vida ordinaria y convencional. En estos relatos, María apuesta por la posibilidad de lo insólito dentro de la rutina, el poder de la obstinación, los efectos liberadores de la irreverencia y la lealtad a las propias ilusiones. Con estas historias, María insiste en la alegría y en la solidaridad que caracterizan su práctica diaria, y también se reafirma en que todas tenemos derecho (y acaso la obligación) de empecinarnos en nuestras ilusiones, como diría aquel otro "ídolo de América", "digan lo que digan los demás".

Pienso que las historias de este libro tienen que ver mucho, de una manera u otra, con María. En algunos relatos reconozco caricaturas de sus propios momentos y de gente muy cercana a ella. (No es casualidad que "La libertad" represente el debate entre la obligación profesional y las inclinaciones literarias de la periodista Carmen Luisa Nieves.) Son, pues, y a pesar de la ironía y el humor con que los vela, trozos de verdad; sospecho que, como todo trozo de verdad, detrás de esas resonancias las y los lectores, conocidos y desconocidos, podríamos encontrarnos reflejados.

Así, pues, cedamos a la tentación de la última morcilla, y disfrutemos el encuentro con las catorce historias de *Tras esas gafas de sol*.

Sofía Irene Cardona

A Tere, quien yace bajo los complejos
estratos existenciales de la María.

A Juan Andrés y Ana Carolina, por
recordarme cada día que la luna
es una infinita bola de queso.

La ilusión

Rosana Guzmán llegó a la Plaza de Mayo diez minutos antes de la hora acordada. Se sentó en un banco cuidándose de no estrujar su vestido rojo. Había llegado el momento que esperaba hacía veintisiete largos años: reencontrarse con su Mauricio.

Aprovechó para retocarse los labios y cepillarse una vez más el cabello corto, impecablemente teñido de negro. Se acomodó nuevamente sus gafas de diseñador. Se sentía en control y feliz, pues había resistido la tentación de tomarse un calmante. En su bolso rojo Louis Vuitton llevaba la reseña de *El encuentro*, la obra teatral escrita por Mauricio García, el hombre que había amado cuando ambos eran estudiantes universitarios. Cargaba, además, la única foto que conservaba de ellos juntos. En ella Mauricio, cuyo cuerpo fornido parecía gozar de un bronceado eterno, vestía su habitual camiseta y pantalón de mezclilla ceñido, acentuado con una correa gruesa de cuero rústico; con su melena negra y su porte de macho latino, tenía trastornadas a las gringas. Era guapo y tierno, y la leyenda universitaria contaba que con su guitarra, tatuada con citas de Simón Bolívar y Che Guevara, le llevaba serenatas a la novia de turno, y hacía el amor a la luz de una vela y al ritmo de las baladas de Sandro. Al lado suyo, en la foto, una chica menuda sonreía tímidamente y así distraía la atención de los gruesos lentes que dominaban su rostro.

Rosana recordaba bien ese momento. Ella le había pedido que se retrataran el último día del curso de Historia Latinoamericana que tomaron juntos. Él accedió. Después de todo, durante ese año habían desmenuzado los libros sobre el peronismo y el colonialismo caribeño. Fue durante esas veladas embebidas de Milanés, Silvio y Atahualpa que Rosana se enamoró de él empapándose de su olor, de su pasión por la literatura y de su costumbre de inhalar con pausa medida tres bocanadas del cigarrillo antes de contestar pregunta alguna. Él no sospechaba su enamoramiento, ni imaginaba cómo la piel se le erizaba cuando la rozaba para alcanzar algún cuaderno. Si no podía aspirar a su amor por ser poca cosa comparada con las rubias estupendas y alegres, al menos le quedaría el recuerdo vívido de sus reuniones. Largas fueron esas décadas durante las cuales alimentó la pasión por Mauricio. Pasión que no pudieron aniquilar ni Roberto, su exmarido, ni sus amantes.

Rosana todavía se asombraba del valor que tuvo para llamar al Teatro Solís de Montevideo y preguntar por el paradero de Mauricio, el autor de la obra teatral en cartelera. Bastó decir que era Rosana Guzmán para conseguir el número telefónico. Dos veces llamó a Buenos Aires y dos veces colgó al escuchar su voz. En un tercer intento solo alcanzó a murmurar: "Mauricio". La sorprendió el que reconociera su voz de inmediato.

La conversación no tardó en fluir. Rosana hacía mucho que había perdido la timidez, acostumbrada a las presentaciones literarias y al éxito. Gracias a su disciplina y persistencia como escritora, se convirtió en una celebridad entre los corrillos intelectuales latinoamericanos. Un director francés de cine llevó su novela premiada, *Se vende un amante*, al cine. Las ediciones de sus tres novelas anteriores, que antes habían pasado inadvertidas, se agotaron. Poco importó que las primeras dos fueran novelas rosa de amor entre guerrilleros.

—Cuando leí *Se vende un amante* anhelé volver a verte, pero no supe dónde encontrarte —le dijo Mauricio.

13

—Lo mismo pensé cuando leí *El encuentro*. Te llamo porque estoy en Uruguay y tengo pautado un viaje a Buenos Aires en una semana para ver a unos viejos amigos—le mintió mientras pensaba que Mauricio jamás imaginaría que ella viajaba solo para verlo.

El bocinazo del autobús la devolvió a su mustio presente, sin su Mauricio. Una vez regresó de su viaje por los recuerdos, Rosana miró alrededor. Verificó nuevamente en el espejo que los labios no hubiesen perdido un ápice de lujuria, los tacones rojos de cuatro pulgadas estuviesen brillosos y que un desgarre no hubiese emboscado a sus medias de nilón.

***

Mauricio García intentó encender su quinto cigarrillo de la mañana. El temblor de las manos le hacía difícil la sencilla tarea que llevaba a cabo cada tres minutos. Había llegado con cinco minutos de retraso, pues por un tortuoso momento se acobardó. Echó otra mirada alrededor de la plaza, pero no vio a su Rosana entre la muchedumbre de la mañana.

Se apoyó de la estatua de un prócer olvidado mientras rebuscaba en los bolsillos del viejo abrigo la copia manoseada de *Se vende un amante*. Rosana seguía igual de misteriosa: no había foto de ella en la contraportada. Se la imaginaba igual, sin maquillaje y con la larga cabellera, pero ahora las canas opacarían los lentes de bibliotecaria. Vestiría una falda hindú hasta los tobillos y camisa de algodón insurrecto, y sus pies menudos estarían enfundados en sandalias de cuero. Si supiese cuánto había pensado en ella durante todos esos años y cuánto deseó haber discutido junto a su Rosana los acontecimientos políticos e intelectuales como solían hacerlo en las inolvidables veladas universitarias.

A Rosana le apasionaba la política y sabía la historia de todas las guerrillas latinoamericanas. Podía pasar horas platicando sobre los Tupamaros, Sandino y los Montoneros, y recitaba de memoria los discursos de Fidel y de Allende. Mauricio recordaba cuántas veces la rozó con el brazo para ver si reaccionaba, pero ella ni se inmutaba. Nunca se atrevió a besarla porque le intimidaba esa mezcla de brillantez, ingenuidad, efervescencia intelectual y timidez. Los amoríos que había tenido, cada uno más descabellado y atrevido que el anterior, no habían logrado saciar su deseo por ella, deseo que le sirvió de inspiración para *El encuentro*.

Aspiró tres veces seguidas el cigarrillo que se perdía entre los dedos. Con un manotazo intentó despertar el viejo reloj. Las diez y treinta y ocho, y ni rastro de su Rosana.

———

Y pensar que le mintió cuando dijo que iba a cancelar otro compromiso para ir a verla.

Pasaba los días bebiendo y recordando mejores tiempos. Hacía años no escribía, recostado sobre el éxito y las exiguas regalías de las únicas dos obras teatrales que había publicado y que eran lectura obligada en las escuelas. Su esposa Laura y sus dos hijos lo habían abandonado hacía tres años, cuando lo arrestaron por salir a la calle desnudo con una vela encendida cantando baladas de Sandro. El anhelo de volver a ver a Rosana lo mantuvo sobrio toda esa semana y logró bajar uno de los muchos kilos que acumuló desde que dejó de escribir. Entusiasmado comenzó a redactar una obra que pensaba llamar *Amor añejo* y le llevaba las primeras cuartillas a su Rosana. Acomodándose las hilachas de pelo gris, Mauricio golpeó el reloj una vez más y sacó el sexto cigarrillo.

***

Rosana miró las manecillas del reloj pulsera por duodécima vez. Eran las diez y cuarenta y ni rastro de su Mauricio. Lo imaginó desnudo en algún lecho, exhausto de amor, junto a una universitaria que le rendía tributo. Se levantó furiosa por haber sido tan débil después de pensarlo y desearlo por casi tres décadas. Y pensar que durante la llamada telefónica creyó que Mauricio quería volver a verla.

Controlando los deseos de llorar salió de la plaza a toda prisa. En el afán de aumentar la distancia entre ella y la ilusión, tropezó con un hombre grueso y calvo, del cual venía un fuerte hedor a tabaco y sudor. Maldijo. El hombre dejó caer un libro. Al ver que era *Se vende un amante*, Rosana apuró el paso temerosa de que aquel mugriento desecho fuese a pedirle el autógrafo.

***

A la vez que hacía malabares para recuperar el balance, Mauricio le disparó dos maldiciones ácidas a la aristócrata de rojo que huía despavorida. Recogió *Se vende un amante* mientras mascullaba que había sido un tonto por haber pensado que su suerte había cambiado después de veintisiete años. Echó el libro y las cuartillas en el cesto de basura más cercano y fue a refugiarse una vez más en los brazos acogedores de la bebida.

La esencia

La atención de Marta regresó al concurso de juegos que acapara la pantalla del televisor digital. El animador les pedía a las dos finalistas que se atiborraran las toscas pero no menos victimarias bocas de papas Siglo de Oro aderezadas con salsa a la barbacoa. La que con la boca llena pudiese emitir inteligiblemente la frase "Sábado Espectacular es mi programa favorito", escupiendo la menor cantidad de papas, resultaría la ganadora.

Emperifollada con un mameluco azul, la señora regordeta ganó con facilidad un radio de cuatro pulgadas, con el sorpresivo bono de un reloj digital integrado, hecho que dejó atónito al fogoso público. Algo tendrían sus cachetes rosados, porque profirió la singular frase sin que discurrieran entre los dientes más de cuatro onzas del alimento libre de ácidos grasos. Su contendiente, una joven embarazada que entre balbuceos logró decir que se llamaba Carmencita, devolvió en el primer intento todas las papas sobre la bandeja colocada bajo su mentón. Puso a correr a todos los asistentes de producción cuando, en una segunda oportunidad, su boca hizo amagos de depositar en el mismo centro del elegante y florido escenario, lo consumido hacía unas horas en la cafetería de la esquina. La escena desató pesadillas entre más de uno del equipo de producción, pues ese día el menú de la cafetería había incluido mondongo, patas de cerdo con garbanzos, gandules y longaniza.

Temblorosa, Carmencita lloró y suplicó por una tercera oportunidad. Después de darle una palmada en la espalda para que pudiera concluir la frase "se lo ruego", Noel, el joven animador, se la denegó. El suspiro del público fue unánime, y el productor respiró aliviado ya que era un secreto a voces que las muestras de pena durante las grabaciones televisivas no debían durar más de varios segundos, de manera que no se arruinaran los niveles de sintonía.

Salió, pues, la joven con plena satisfacción de que el esfuerzo titánico fuese reconocido con la entrega de una canasta repleta de latas de sopa de dieciséis onzas. A pesar de comprobar que salía con una lata menos que la contendiente del sábado anterior, Carmencita pasaría el resto de sus días tartamudeando cómo el público le ofreció una bien merecida ovación.

"Por fin terminará el suplicio", pensó Marta. Con el final del programa vendría el noticiario y la brevísima reseña de su última conferencia sobre el Siglo de Oro de la literatura española. Al otro lado del pequeño salón, Miguel, su marido, se enfrascaba en la solución de un crucigrama. Solo alcanzaba a ver el pie derecho de este extendido sobre un cojín, al lado de las rosas rojas. Del estéreo salían los acordes de la *Sinfonía número nueve en re menor de Beethoven*.

—Equino de Quijano—murmuró Miguel—. Rocinante.

El comercial de la cerveza fría le recordó a Marta que tenía sed. Se levantó y de inmediato sintió un tirón. El honorable y circunspecto Noel estaba en la pantalla digital y le apuntaba.

—Señora, es su turno. Luisa, trae otra bolsa de papas a la barbacoa para nuestra próxima concursante.

Marta no podía creer que la humillante tortura no hubiese concluido con el farfullo de Carmencita. ¿No les bastaba a los productores humillar a una persona por día?

—Señora, vamos, acérquese que la estamos esperando.

La magia de la televisión hacía parecer

que el animador la señalaba. Marta se rió de su ocurrencia y se imaginó ridícula tras la pantalla del televisor.

—Marta de Vega, la estamos esperando —dijo el animador.

¿Marta de Vega? Al parecer su nombre era común, lo cual daba al traste el plan de exclusividad que sus doctos padres habían esbozado cuando la bautizaron.

—¿Qué espera? Dé el brinco. Es su oportunidad de ganar una tostadora General Electric con alarma de fuego integrada.

"¿A quién se le ocurriría incorporar una alarma de fuego a una tostadora?", se preguntó Marta, mientras se disponía a buscar una botella fría de cerveza japonesa.

Primero fue el pie izquierdo el que atravesó la pantalla, seguido por la mano izquierda, a pesar de la resistencia del resto del cuerpo. En cuestión de segundos, Marta fue recibida en el escenario con aplausos, una bolsa de papas a la barbacoa y el clamor de un público que gritaba: "¡papas a la barbacoa!".

—Marta, es usted la afortunada de la noche. Podrá ganarse una tostadora con alarma de fuego integrada. ¿Está acompañada de su familia?

Marta miró al público y no reconoció a ninguna de esas caras repletas de gozo y emoción.

—No.

—¿Les quiere enviar un saludo?

Marta de Vega olvidó la oportunidad que tenía de sentar cátedra con el uso de oraciones complejas e intelectuales, y repitió el cacareo característico de otros concursantes.

—Saludos a mi familia —dijo.

—Muy bien, Marta. Tendrá cuarenta segundos para llenarse los cachetes de papas a la barbacoa y decir la frase "Sábado Espectacular es mi programa favorito". Luisa le colocará una bandeja debajo de la barbilla. Mediremos la cantidad de papas que escupa. Si logra escupir menos que nuestra primera concursante, se ganará la tostadora.

Marta se pellizcó para ver si despertaba de algún sueño, el que fuera, pero su delgado cuerpo se cohibió de emitir una señal. Vio la bolsa de sesenta y dos onzas de papas, y se preguntó por qué rayos tenían que ser aderezadas con salsa a la barbacoa. ¿Por qué no le daban la opción de seleccionar entre las papas con sabor a crema agria o queso? ¿Qué tal unas papas a la manchego? Acompañarían divinamente una copita de vino merlot a temperatura ambiente. Animada por los sinceros aplausos del público, Marta se aprestó a llenarse la boca.

—Marta, acuérdese de no tragar papas. Las papas Siglo de Oro son las favoritas de nuestro público, pero la competencia aquí no es para saber si le gustan, sino para determinar cuán amplios son sus cachetes.

A pesar del esfuerzo, no pudo evitar que un agradable sabor arropara el interior de su boca. "¿Tendrían una versión orgánica?", se preguntó a la misma vez que buscaba la manera de ubicar sin tragar las crujientes y saladas invasoras en los confines de su boca.

El primer grupo se amoldó muy bien en la parte posterior de las muelas del lado derecho lo cual hizo fácil acomodar otro puñado en el lado izquierdo. El mayor reto fue asegurarse de que la porción correspondiente a los dientes del frente se mantuviera en su lugar.

—Le quedan diez segundos.

Al conteo se unió el público que gritaba a toda voz los inmisericordes números. "¡Siete, seis, cinco, cuatro...!".

Le restaban pocos segundos. Debía vaciar las migajas de la bolsa dentro de la boca y colocarlas debajo de la lengua. Justo a tiempo, pues ya el animador y su coro estaban a punto de pronunciar el temido cero.

—¡Cero!

Marta miró hacia una de las cámaras en la cual un monitor le devolvió su imagen. Se felicitó por tener puesto el collar de perlas y un conjunto de hilo crema, el mismo que usó para su conferencia. Su pelo rubio hacía resaltar los cachetes colorados y henchidos a los que acentuaban el lápiz de labios rojo.

—Bueno, Marta logró llenarse los cachetes con el contenido de la bolsa Siglo de Oro, las mejores papas del mercado. Ahora viene el reto. Luisa, trae la bandeja.

Al redoble de los tambores se unieron los vítores del público. Las palabras "¡Marta, Marta, Marta!" retumbaban en el teatro al aire libre donde había aglomeradas por lo menos treinta mil personas.

El éxito de Marta dependería de lograr una concentración absoluta. Recordó bien las palabras de su yogui y concluyó que las enseñanzas aplicaban también a tareas menos trascendentales.

La presuntuosa portadora de la papilla no titubeó ni una milésima de segundo al colocar la barbilla sobre la superficie helada. El roce con el frío la sacó de concentración, pero la lección del yogui sobre el poder de la mente la devolvió a su crujiente realidad, que en ese momento consistía de una cantidad impresionante de papas apretujadas entre los dientes. No lograba decidir si el esfuerzo mayor consistía en controlar las papilas gustativas, que imploraban el poder empujar por el esófago la presa para completar la labor en el proceso digestivo, o continuar el esfuerzo colosal de mantener la concentración.

"Concentración", recordó Marta. Cerró los ojos por un momento y repitió mentalmente su mantra: *"Om saha n□vavatu, Saha nau bhunaktu"*.

Durante el brío mental, Marta imaginó que escalaba una montaña empinada; desde la desértica cúspide, se vio mirando a su alrededor, sintiéndose dueña y ama del mundo. Las papas traseras, ya empapadas y compactadas, comenzaron a ceder poco a poco para dar espacio a sus compañeras delanteras y liberar la lengua para cumplir su profético cometido. Marta despertó. Respondiendo al clamor de su eufórico público, profirió sin titubeo, y con su característica dicción y claridad, las palabras: "Sábado Espectacular es mi programa favorito".

La cámara se enfocó primero en la boca, luego en los dientes y en la papilla que los cubría; finalmente enfocó la bandeja vacía. El público enmudeció ante el insólito hecho de que no había ni una brizna de papas sobre la bandeja.

—Marta, ¡es usted la feliz ganadora de la tostadora con alarma de fuego integrada!

Marta posó la mirada asombrada sobre la bandeja virgen; esbozó una sonrisa a la barbacoa, que dio pie a que el público saliera corriendo a su encuentro. Sin despegar la vista de la milagrosa bandeja, los guardias de seguridad formaron un cerrado círculo alrededor de la concursante, mientras el animador pedía calma a los asistentes prometiéndoles bolsas de dieciséis onzas de "Siglo de Oro". El portavoz del público calmó los ánimos al arrancarles a los productores la promesa de paquetes de treinta y dos onzas, todas con sabor a salsa a la barbacoa.

—Marta, la felicitamos, es la primera ganadora en los trece años del concurso que no escupe nada en la bandeja. ¿Quiere usted decir algo?

Con un gesto de la mano, pidió unos segundos al animador. Sin perder el coqueteo, y tras tragar el vestigio de papilla, se volteó para extraerse con la uña meñique los restos más obvios de entre los dientes. Con una seguridad que solo concibe la experiencia de tener que agitar diestramente la lengua con cachetes inusualmente inflados, Marta de Vega se volteó y agarró el micrófono.

—Quiero expresar mi agradecimiento a mi familia, que siempre me ha dado su apoyo incondicional en todos mis proyectos de envergadura.

No fue difícil ver entonces en el público los rostros de orgullo de Miguel y sus dos hijos, Luis Miguel y Miguel Luis. Corrió a abrazarlos pero se detuvo, pues justo en ese momento, observó a la modelo que venía a entregarle la tostadora con alarma de fuego integrada.

Con los ojos atiborrados de lágrimas, Marta tomó entre sus manos la tostadora, la besó y la alzó sobre la cabeza en señal de victoria. Al ver el llanto colectivo que su reverencia desató en la frenética concurrencia, Marta cayó delirante de rodillas al tiempo que la alarma de la tostadora se activó.

La rutina

A pesar del esfuerzo visual, lo único que Elena Rubí puede distinguir a través de los barrotes de hierro son siluetas. A veces, piensa, parecen olas que arriban a su orilla como si la vida continuara su curso normal. ¿Acaso no se han enterado de que el planeta tierra ya no gira como de costumbre y que todos están locos al insistir en la rutina? ¿Será ella la única que presagia el desastre que apenas comienza a desatarse?

Vuelve a sentarse en el duro catre que ocupa la mitad de la celda que le han asignado, encarcelada, simplemente por el hecho de afirmar sus derechos como ser humano. Se resigna; por lo menos le asignaron a una celda con un inodoro y ducha, y permitieron que se quedara con su traje sastre negro. Eso sí, igual que a cualquier delincuente, los carceleros sometieron cada costura de su vestido a una revisión minuciosa.

Desearía saber la hora para ver cuánto más debe esperar por la abogada. Es de rigor permitir una llamada a los recién arrestados y, a pesar del caos que la emergencia ha desatado en el país, no olvidaron concederle este derecho. Conjetura que no tendrá que testificar sobre la injusticia que desató la crisis, pues al planeta le quedan pocas horas, si todos insisten en esta locura.

Cubre el catre con la sábana desteñida. Dobla la chaqueta de hilo, de manera que le sirva de almohada, y se recuesta con dificultad. Es hora de olvidar la irracionalidad de sus compatriotas y reflexionar sobre los acontecimientos del día.

El origen de la encarcelación es fácil de identificar. La mañana de hoy, un miércoles de febrero bisiesto, amaneció con el acostumbrado aguacero. El sonido de las gotas que se despeñaban sobre el zinc de la terraza hizo que se regodeara entre las sábanas para escuchar con deleite la lluvia. Razona, con la iluminación que madura luego de cuatro horas de encierro, que esa mañana hubo un cambio en la rutina. Recuerda que detectó algo distinto en la caída de la lluvia; la pausa entre las gotas duraba tres segundos cuando siempre eran dos. Lo sabía pues llevaba años recurriendo a cronometrar la lentitud entre las gotas para rendirse rápidamente al sueño.

Aquella mañana, Elena Rubí achacó el cambio a los zarandeos provocados por el viento sobre el zinc corroído por los años. Ahora sabía la verdadera razón.

Al levantarse, miró el reloj que descansaba al lado del libro que leía esa semana: *Las ocho reglas de una mujer eficiente*. En lugar de levantar a sus tres hijos, Dolores, José y Humberto, con el usual toque de queda, les cantó una canción de cuna y depositó sobre sus mejillas tres besos y medio.

Una vez en el baño, al mirarse en el espejo se dio cuenta de que algo era diferente. ¿El espejo? ¿Su rostro? Nada, todo era como un día cualquiera. Echó mano del cepillo de dientes y vació sobre las cerdas el contenido de una botellita de jabón para lavarse las manos. Al concluir con los dientes, hizo gárgaras con el champú anticaspa. Después apretó el tubo de dentífrico y se llenó las palmas de las manos con una generosa cantidad de la pasta con la que se embadurnó la cara. Fue suficiente para aplacar las ojeras y eliminar la suciedad acumulada durante la noche. Desde el baño, escuchó con orgullo a sus hijos mientras se preparaban para ir a la escuela.

Esa mañana Elena Rubí salió de la habitación matrimonial vestida con un largo traje de brillo color rosa. Llegó a la amplia cocina de topes de granito oscuro que su esposo le había regalado para el decimoquinto aniversario de bodas. Sacó de la nevera el filete de res y lo colocó sobre la llama de la estufa. Preparó la mesa y antes de que bajaran los chicos corrió a la lavandería. Colocó la ropa sucia en la secadora y la bautizó con una generosa taza de champú antipulgas para perros.

Para sus hijos, la primera señal de que algo andaba mal no fue el vestido largo de las noches de fiesta ni el enérgico olor al dentífrico en su cutis, sino el desayuno.

—¡Mami! —chilló Dolores—. ¿Qué es esto?

Elena Rubí se apresuró a la cocina alarmada por el tono de la hija menor y las risas de los otros. Miró a la mesa, pero todo seguía como cualquier otra mañana.

—¿Qué pasa? ¿Está muy caliente?

Dolores desplegó la única mirada que una niña de ocho años tiene a las seis y media de la mañana.

—¿Dónde está el cereal?

—¿Qué tiene de malo el filete? —respondió Elena Rubí perpleja.

—No es desayuno.

Elena Rubí se esforzó para comprender las palabras de su hija. Aún así no lograba entender los reclamos.

—¿Dónde está escrito que hay que desayunar cereal? —fue la respuesta ante la

---

32

perplejidad de sus hijos, que se miraban divertidos y preocupados a la misma vez. José se levantó y entró en la lavandería.

—Mami, ¿qué pasa aquí? —gritó José.

Elena Rubí se sentía confundida por el comportamiento inusual de sus hijos. Corrió a la lavandería para toparse con la secadora abierta y a José sosteniendo con la punta de los dedos sus pantalones negros. Tenían dos sólidas manchas de barro en las rodillas y chorreaban líquido.

—¿Cuál es el problema?

—Los pantalones no están limpios. Están llenos de barro y un líquido raro —contestó asombrado.

Los tres niños miraban atónitos a su madre. Dolores abrió la lavadora y gritó al encontrarla llena de paquetes de queso y carne cruda. Elena Rubí miró a sus hijos por un instante, se volteó y observó las dos máquinas de tamaño industrial.

—Todo está bien. Funcionan a la perfección —anunció con alivio.

Los chicos imaginaron que era una broma y siguieron con sus preparativos de la mañana. Humberto ni pestañó cuando su madre optó por echar una camisa en la batidora, en vez de plancharla. Nadie dijo ni ji cuando, en los bultos de la merienda, Elena Rubí acomodó las galletitas rebosantes de calcio para perros y las semillitas de los pericos.

La impresión de que era un juego se tiñó

de seriedad cuando, en lugar de llevarlos a la escuela, su madre los dejó en el parque en el que practican deporte por las tardes. Con la responsabilidad de hermano mayor, Humberto miró a sus hermanos y les hizo una señal de que se bajaran del carro. Una vez Elena Rubí se marchó, Humberto llamó al padre y le explicó lo que acababa de suceder.

De regreso al hogar, Elena Rubí seguía sin entender cuál era la confusión de sus hijos. ¿Qué diferencia había en que fueran a sus prácticas por la mañana y a la escuela por la tarde? ¿Qué había de malo en que jugaran béisbol en los uniformes escolares? ¿Dónde estaba escrito que ese no era el orden de hacer las cosas?

La mujer ignoró el insistente timbre del celular cuando una hora más tarde se dirigía a su oficina. Ni siquiera reparó en las miradas de asombro de los compañeros por llegar vestida con una bata larga hindú de algodón, bajo la cual tenía un traje de baño de una pieza, y gafas de sol, sombrero de ala ancha, con una botella fría de Chablis debajo del brazo.

Entró a su oficina de subdirectora y se quitó la bata. Volteó la silla ejecutiva hacia el ventanal para tomar el sol que apenas entraba por el cristal inmaculado.

Ni el secretario auxiliar ni la secretaria pudieron convencerla de que el piso veintitrés de la Torre Gubernamental Hierro I no era el sitio indicado para venir a tomar el sol.

—¿Dónde está escrito que aquí no puedo tomar el sol? —dijo Elena Rubí, mientras volvía a embadurnarse con una generosa porción de protector solar.

La secretaria entró con cara de alarma para indicarle que tenía una llamada urgente de su marido. Elena Rubí no se perturbó.

—Dile que él sabe que no tomo llamadas de nadie mientras me asoleo.

La preocupación de los empleados por el súbito cambio en la que, hasta el día de hoy, había sido una oficial de carrera con una trayectoria impecable en la agencia reguladora de la industria de seguros, aumentaba. Escuchaban el estruendo de una salsa a todo volumen en la oficina de Elena Rubí. El fuerte taconeo indicaba que la ejecutiva bailaba con gusto.

La llegada del marido trajo un respiro de calma entre los empleados. Pedro Jesús miró a todos en busca de una explicación.

—Llegó *virá* —dijo la secretaria.

—¿Qué le pasa? —preguntó Pedro Jesús—. Los niños dicen que amaneció extraña. Los dejó en el parque en vez de la escuela.

El director de la agencia, Raúl Manuel, llegó en ese mismo instante acompañado de un empleado de seguridad.

—¿Qué es lo que pasa? —preguntó el guardia.

—Primero entro yo —fue la respuesta

cortante de Pedro Jesús—. Anoche estaba bien. Esta mañana no vi nada raro al salir.

—¿Quiere que el guardia lo acompañe? —preguntó Raúl Manuel.

—Por Dios, claro que no. Debe ser que nos está jugando una broma.

Pedro Jesús entró en la oficina con la autoridad que le confiere ser marido de la mujer y vicepresidente de una compañía. La salsa a todo volumen y el olor a incienso le golpearon los sentidos. Su mujer estaba sin la bata, encaramada sobre cinco pulgadas de tacón, en plena faena de baile.

—¡Elena!, ¡Elena Rubí!

No fue hasta que gritó Elena Rubí tres veces seguidas que cesaron el taconeo y las contorsiones. Su mujer lo miró.

—¿Qué haces aquí?

De más está decir que no hubo forma de hacerle comprender que su comportamiento, no el del resto de sus compañeros, como ella alegó, era inadecuado. Elena Rubí sacó el contrato de empleo de su archivo y con mucho juicio argumentó que ni una de las cincuenta y cuatro cláusulas prohibía asolarse, broncearse o bailar en la oficina. En ese momento Pedro Jesús se encogió de hombros y llamó a su despacho para informar que no regresaba. Necesitaba resolver unos asuntos personales.

—Es su empleada. Breguen con ella —le dijo al guardia de seguridad y se retiró a toda prisa.

Una hora más tarde, Elena Rubí se fue sin despedirse. Todos respiraron aliviados. Ahora podrían continuar con el picoteo de los teclados y las huidas con la bendición sindical a la cafetería.

Indiferente a las dificultades que creaba, Elena Rubí intentó depositar un cheque en el puesto número tres del supermercado que frecuentaba. Más tarde, luego de hacer una fila de veintitrés minutos, se marchó escoltada por el guardia del banco porque el cajero no logró convencerla de que allí no vendían leche ni jamón serrano.

En el noticiario de las diez de la noche, los colegas, amigos y familiares se enteraron del desenlace de lo que el hombre ancla tildó como "la telenovela protagonizada ese día por una mujer llamada Elena Rubí":

"Vestidos con pijamas de personajes infantiles, miles de personas reclaman frente a la cárcel metropolitana de mujeres la liberación de Elena Rubí Delgado. El gobernador ha activado por segunda vez en el día de hoy a la Guardia Nacional. Esto ocurre horas después de que un motín se desatara temprano en la tarde en las inmediaciones del Capitolio, cuando Elena Rubí Delgado, una joven madre, vecina de San Juan, y sin antecedentes penales, insistió en comprar un marbete para su cartera Hello Kitty en la oficina del presidente del senado, con el argumento de que nada prohíbe pegar el permiso de circulación vehicular en su bolso. Por ser conocida como una ejecutiva gubernamental, la mujer de treinta y siete años, vestida con un pijama amarillo de Sponge Bob y mocasines acolchonados de Barney, logró llegar hasta la oficina sin levantar sospecha alguna. Tres empleados intentaron explicarle en vano que allí no vendían marbetes. La mujer insistía en que no había nada en la constitución de ese cuerpo gubernamental que dijese lo contrario y citó repetidamente que "la voluntad del pueblo es la fuente del poder público, donde el orden político está subordinado a los derechos del hombre y donde se asegura la libre participación del ciudadano en las decisiones colectivas". El gobernador activó la fuerza de choque para contener a cientos de ciudadanos que llegaron al Capitolio a exigir que se vendieran marbetes luego de leer en las redes sociales sobre el suplicio de la señora Rubí Delgado. La sospechosa abandonó los predios al recibir de manos de un oficial un marbete, el cual pegó en la parte de afuera de su cartera Hello Kitty. La sujeta está presa en la cárcel de mujeres pues a tempranas horas de la noche protagonizó otro evento al ir a la Escuela Ernesto de la Vara a buscar a sus hijos, vestida con un traje sastre negro y portando una olla de avena recién preparada. Comenzó a dar puños en las ventanas al ver cerrado el plantel. Insistía en que era hora de que sus hijos salieran de las labores académicas. Fue arrestada por alteración a la paz. Entró a la patrulla gritando que todos estaban locos y que el mundo estaba llegando a su fin".

***

Elena Rubí respira aliviada al ver al guardia penal y a la trabajadora social abrir la celda.

—El siquiatra testificó que usted está más cuerda que muchos —dijo la trabajadora social —. Está usted libre.

Aliviada, con sus manos en posición de oración, Elena Rubí se arrodilla frente al inodoro de la celda con la reverencia que el acto amerita.

—Gracias, Santa Clós, por iluminarlos y hacerlos entender que no todo tiene que estar escrito —sentenció.

La libertad

Luego de acomodar la copiosa melena, Carmen Luisa vuelve a sentarse frente a su computadora. Lo hace con facilidad a pesar del espacio estrecho. Su pecho se infla con satisfacción al ver las decenas de trofeos y placas recibidos por las ejecutorias profesionales como periodista a nivel local e internacional. Detrás del escritorio, la hilera de estantes en la cual predominan las fotos de sus hijos y nietos relega a un segundo plano los libros de literatura y las colecciones de novelas detectivescas.

Mira el reloj. Restan solo cuarenta y tres minutos para la entrega de su artículo periodístico. Suspira. Lee el texto que ha escrito hasta llegar a la última oración: "La economía saldrá de la recesión en el último trimestre del año próximo", aseguró el ejecutivo.

Pausa y observa la mano derecha. Se cuenta los dedos una vez más, un rito que siempre ha tenido. Ríe al pensar que alguien pueda descubrir esta manía de la cual es víctima solo la mano derecha, pues nunca ha dudado de la integridad de su mano izquierda. Razona que no lo ha hecho porque es innecesario; es ley que las extremidades de los cuerpos humanos tienden a la simetría.

Los cinco dedos en la mano derecha, cada uno coronado por uñas bien cortadas y pintadas de rosa pálido, siguen ahí; frágiles pero leales. En el dedo anular derecho luce el sencillo aro matrimonial.

Carmen Luisa vuelve la mirada al escrito. Sin esperarlo, siente una sacudida. Refunfuña al confirmar que proviene de la extremidad izquierda. El médico ha diagnosticado que esa mano comienza a padecer los primeros síntomas de artritis reumatoide. (El doctor comentó que era la primera vez durante su carrera médica que se topaba con un caso en que solo se afectara una extremidad).

La mano izquierda, que segundos antes reposaba sobre el muslo en un intento por aliviar su entumecimiento, comienza a pulsar las teclas con afán insospechado, como poseída por un demonio de alto rango. Desconcertada, Carmen Luisa observa el monitor en el cual comienzan a materializarse las nuevas oraciones. Justo después de la oración de su reportaje aparece otra frase:

Paola María se desvestía para dormir cuando escuchó un fuerte golpe cuyo origen estaba segura provenía de su oficina.

La quijada de Carmen Luisa se acciona como el muelle de un colchón usado. Observa con detenimiento su zurda. Los dedos ahora lucen gruesos y desfigurados, con uñas acrílicas rojo pasión de tres pulgadas de largo que, para rematar, ostentan diminutas pegatinas de estrellas color dorado y plata. El meñique resplandece agotado, lo cual no la sorprende pues carga un peñasco que simula un diamante de varios quilates. Mientras el índice luce un alambre de púas guillándose de anillo, su anular parece desfallecer por el esfuerzo que hace para no pincharse al teclear.

Aterrada, Carmen Luisa mira con detenimiento a su alrededor. Sí, confirma, ella sigue en la oficina. El tiempo no se ha detenido. Se asegura de ello trazando el ciclo completo de un minuto en las manecillas del reloj que adorna la pared.

Abre y cierra los ojos, pero el texto y la siniestra desfigurada siguen ahí, indiferentes a su desconcierto. ¿Será una alucinación? ¿Un síntoma de su incipiente condición? ¿Habrá tomado la dosis incorrecta de la pastilla para la artritis?

Regresa al teclado e intenta elaborar la teoría del economista: no importa la cantidad de medidas de austeridad y de inversión pública del gobierno de turno, la recesión se agudizará durante los próximos meses y aumentará la tasa de desempleo.

La izquierda se alza en protesta y rehúsa volver al repiqueteo. Con un golpe brusco, Carmen Luisa la echa a un lado y utiliza a la siempre astuta derecha para plasmar en la pantalla lo que le urge terminar.

El espíritu maligno vuelve, toma control de la siniestra, que no solo pega con furia súbita a la diestra, sino que la araña con todo el rencor que lleva guardado por décadas. Adolorida, la derecha se paraliza. Con suma delicadeza el aburrido índice lame los zarpazos más visibles. Sobre el teclado caen gotas de sangre.

Carmen Luisa mira el monitor. Se sorprende al ver el texto:

El golpe provenía de la habitación contigua, lo que le pareció extraño a la incipiente periodista Paola María, pues allí no había nadie. Los únicos ocupantes eran un escritorio, una silla y varios archivadores grises de tres gavetas.

Carmen Luisa brinca y se levanta de la silla. Intenta alejar la zurda del ordenador, pero esta se aferra al teclado causando la pérdida lamentable de dos de sus magníficas uñas. En un fútil intento de darse a respetar, la mano derecha intenta asirla, pero la zurda se resiste. Por miedo a no perder una de las sonrosadas uñas, la diestra se retira a reposar al lado de la cadera de su ama. Debido a los infructuosos esfuerzos por alejarse del teclado, Carmen Luisa se resigna a sentarse, con la certeza de que en unos minutos lo que a toda luz debe ser una alucinación, terminará. Cuando mira la pantalla una vez más lee con horror lo que la siniestra ha escrito:

Al entrar en la oficina, Paola María encuentra el cadáver de la periodista mexicana Amanda Reguero Fortuna, a pasos del escritorio. Sabía que era ella; llevaba puestas las emblemáticas gafas de sol doradas. Paola María se estremece. Cierra y abre los ojos para asegurarse de que las dos copas de merlot reserva que ha tomado no le estén jugando una treta. ¿Qué rayos hace el cadáver, con todo y gafas, en su oficina, en su casa? Piensa que lo más sensato es llamar a la policía y no tocar lo que parece ser la escena de un crimen. Cuando va a llamar se percata de que la computadora está encendida. Se acerca y ve en la pantalla unas palabras escritas en Times New Roman tamaño 72: TRAIDORA. NO RENIEGUES DE TU VERDADERA VOCACIÓN.

La prudencia intenta, con pulsaciones eléctricas al hemisferio izquierdo del cerebro, advertirle a Paola María que no se acerque. Pero la curiosidad es más fuerte. Busca una toalla para cubrirse el índice derecho. Se abotona el pijama hasta el cuello, se persigna y pulsa con suavidad la tecla con la flecha para ver qué hay en el documento en la parte superior. Lee la primera línea: "La mafia siciliana comienza a arropar de violencia nuestras costas con por lo menos tres asesinatos durante la pasada semana, lista que incluye a un prominente legislador. 'La mafia está metida hasta el tuétano en nuestro país y el gobierno no lo quiere admitir', aseguró un alto oficial de la policía quien pidió mantener su identidad en el anonimato".

Paola María salta del susto y tropieza con un bolso semiabierto en el suelo. Lo mira y algo le llama la atención. Decide llamar a la policía pues su carácter juicioso se activa como una irritante alarma de cuerda en su hemisferio izquierdo. Pero la balanza cerebral se vuelve a inclinar hacia la derecha y echa a un lado el teléfono. Con la misma técnica de proteger sus huellas dactilares, abre el bolso y saca lo que hace un par de segundos sedujo golosamente su atención: una libreta.

Siempre cuidadosa de no dejar rastro, examina las páginas. Su asombro no tiene fin; están repletas de poemas emotivos que giran sobre un solo tema: el amor clandestino. Se detiene a examinar la portada y ve el nombre de Amanda escrito en filigrana. Al echar otro vistazo al bolso, se topa con varias libretas similares en el interior.

No puede dejar de leer. El despliegue literario y emocional que encierra el manuscrito la estremece. El poema titulado "Un hálito" la golpea.

Quimeras que enjaulan sublimes verbos
empeñados en aprisionarme la mirada

que no hacen sino beber de tu recuerdo
para arrancarse las cadenas de la nada.

Sucumbe a una tristeza profunda al digerir el hecho de que una aguerrida periodista tenga el talento no solo para con la pluma fiscalizar a los que violan la ley con impunidad sino también para emocionar. Rendida ante la mortífera mezcla de cansancio y desconsuelo, Paola María corre al dormitorio donde la esperan jarros llenos de flores frescas, libretas con sus escritos de ficción y libros. Se tira sobre la cama, exhausta. Bastan apenas ocho segundos para que se rinda al irresistible encuentro con el sueño donde se ve como una escritora exitosa de ficción.

Carmen Luisa se esfuerza por enfocar los ojos salpicados de lágrimas. Entonces se mira nuevamente las manos. Las uñas ya no portan esmalte y el único anillo, el aro matrimonial, se ha traslado al meñique donde puede bailar a su antojo. A pesar de ser ásperas las manos deslumbran por su firmeza, entusiasmo y agilidad. "Lucen alegres", piensa Carmen Luisa, como los reos sentenciados a la pena de muerte que acaban de ser indultados. Abre en la pantalla del ordenador un documento en blanco. Cierra los ojos mientras cuenta mentalmente hasta sesenta. Al abrirlos se tropieza con la misma escena. Cuando va a comenzar el ritual de contarse los dedos, las manos intercambian un gesto de complicidad e impacientes teclean al unísono en total hermandad. En pantalla aparecen las palabras que durante décadas ha deseado escribir: *A la caza del asesino de la Trompa y otros relatos detectivescos* por Carmen Luisa Nieves. Escribe:

Armando Quiñones fue el primer policía en identificar el cadáver desnudo y despellejado del magnate mexicano Adolfo de la Trompa que levitaba a veinte pies sobre el vertedero más grande de Ciudad de México. A su lado era visible un cuaderno con el nombre en filigrana de la reconocida periodista de televisión Amanda Reguero Fortuna quien apareció asesinada esa misma mañana en la casa de una colega periodista.

Los intentos de la policía de bajar el cuerpo de de la Trompa y el cuaderno fueron infructuosos hasta que llegó al lugar la espiritista María Inés del Gorrión. Tras susurrar unas palabras que solo el viento entendió, y tirar al aire lo que parecieron cenizas, logró que el cuerpo y el cuaderno bajaran lentamente a la tierra. Los tres policías a cargo de la investigación aún están intrigados de que el cuaderno de la periodista continúe botando sangre sin rastro de ADN alguno.

La fragilidad

Regina Leal palpó la inminencia del peligro al sentir algo diferente en la muchedumbre de ese día.

La protesta del día se efectuaba frente a la sede del congreso. A menos que la mujer policía se fijara en lo que decía en las pancartas—las cacerolas eran siempre las mismas; recias y gastadas—la de hoy era una protesta más. Algunas caras se repetían en las manifestaciones, razón por la cual se había preguntado en más de una ocasión si protestar era un nuevo oficio remunerado.

Regina sacó el pañuelo de su ceñido pantalón y se lo pasó por la frente sin quitarse las habituales gafas de sol. El jefe del cuartel había intentado prohibir el uso de gafas, pero las protestas de la opinión pública, las líneas telefónicas muertas por varios días y la actitud de brazos caídos bastaron para que la orden fuera archivada.

Mientras observaba a la muchedumbre, recordó cómo tomó la decisión de dedicarse a la fuerza policial. De niña se había embelesado, frente a la pantalla del televisor, con las imágenes de los regios soldados ingleses de palacio. Se preguntó qué hacían durante esas horas de inmovilidad, coronados por los vistosos gorros de piel de oso. Le fascinó la posibilidad de que se dedicaran a hilvanar historias en su mente, a crear nuevas teorías científicas o existencialistas, o a reflexionar sobre la vida, sin que los miles de transeúntes y turistas se percataran de la complejidad de lo que sucedía en aquella soledad.

Ahora, junto a treinta compañeros apostados detrás de la barricada, mantenía a raya al gentío. Tenían órdenes de evitar que los manifestantes se acercaran más allá de la escalinata que conducía a la entrada principal.

El calor, los aguaceros repentinos, la indiferencia del oficialismo, la rigidez de la barricada policial y los ánimos caldeados anunciaban el peligro. Pero veterana de incontables protestas, Regina no se amedrentaba. Durante las pasadas tres décadas, se había ganado el respeto a fuerza de horas de guardia con el porte gallardo de su pequeño cuerpo, y el rostro imperturbable. El único maquillaje era un leve toque rojo en sus labios pulposos. Sus compañeros bromeaban con ella diciéndole que el toque labial servía para aturdir por unos instantes al agresor que no esperaba ese detalle en una mujer con figura amedrentadora.

Llevaba el pelo crespo siempre amarrado en una cola que ocultaba parte de una cicatriz que comenzaba al final de su mejilla y terminaba en la nuca. Ocho años atrás un maleante se la había hecho de una cuchillada. (La foto, con el sangriento pero inescrutable rostro engafado de la agente a quien habían herido, fue la portada de los principales periódicos del país).

Con el rabo del ojo, no perdía de vista a la joven estudiante que agitaba un palo al aire y alzaba el puño derecho con rabia. Junto a ella, una señora sesentona luchaba por asegurarse de hacer resonar los golpes de la cuchara contra la cacerola. La observaba de cerca, pues en años recientes eran comunes las agresiones de parte de personas de más de sesenta años.

Regina hubiese podido darse el lujo de trabajar en cualquier departamento de la policía. Se le había reconocido su servicio ejemplar con muchos honores y había sido objeto de reportajes periodísticos sobre su estoicismo. Pero lo que más le gustaba era el poder que sentía en las manifestaciones en las cuales permanecía horas de pie, sin que las burlas, los piropos o los insultos la provocasen. Sentía paz al imponer, como los soldados ingleses, el orden con su presencia ecuánime y, sobre todo, con la mirada caleidoscópica oculta tras aquellos biombos oculares. Su madre solía decirle que aun desde bebé la mirada era tan reveladora que de solo echarle un vistazo se sabía lo que pensaba o sentía. Eran muchas las anécdotas sobre su incapacidad de ocultar su interior, pues el lenguaje de sombras, destellos y luces de las pupilas la traicionaba. Su primer novio a los quince años, Ernesto, descubrió que le mentía al comunicarle que ponía fin a la relación por falta de tiempo, por la forma en que sus ojos se entornaron.

—Mentira —dijo—. Tienes otro amor en tu vida.

Desde ese día resguardó sus debilidades, alegrías y tristezas detrás de los lentes. Al cumplir los cuarenta, comenzó a seleccionarlos más oscuros pues se sentía cada vez más vulnerable.

Se llevó la mano derecha al oído para acomodarse mejor el audífono desde el cual recibía las órdenes.

—No pierdan de vista al blanquito de ojos verdes —dijo por la radio el sargento que vigilaba secretamente desde cerca—. En la protesta contra el impuesto a las toallas sanitarias, golpeó al oficial López.

Regina miró en dirección al joven, fácil de identificar por sus ojos verdes. El joven, desafiante, le sostuvo la mirada por unos segundos. Luego la bajó. Regina se felicitó. Una vez más no había movido un dedo para mantener la paz.

—Leal, atenta, alguien se le acerca por la derecha —dijo la voz radial—. No se deje engañar por la apariencia.

Sin mover un centímetro del rostro, Regina pasó revista a una mujer de pelo blanco que se le acercaba y que a leguas parecía la bisabuela de todos. Caminaba con paso lento, pero decidido, con la ayuda de un andador. En sus ojos fulguraba la ira que se propagaba sobre sus arrugas, lo cual acrecentaba el aspecto de ferocidad.

—¡Tú! —gritó la señora, señalando a Regina—. ¡Debería darte vergüenza!

Sin que el rostro delatara perturbación, el cuerpo de Regina se tensó mientras sus pensamientos seguían al viento, imaginando lo que estaría haciendo en ese instante Antonio, su nietecito de tres años. ¿Se habría comido el pedazo de pastel de limón que le envió con Patricio? ¿Le habrían dicho que lo hizo la abu Gina?

—¡Maldita! —continuó la señora, mientras se le acercaba con el andador en alto—. ¡Policía de macana!

Regina optó entonces por reflexionar sobre el capítulo de la noche anterior de la telenovela mexicana, *Un amor con disciplina*.
¿Accedería la protagonista, Alicia, a irse a vivir

con Armando? ¿Firmaría el documento en el cual juraba no tendría hijos? ¿Cómo reaccionaría la madre de Alicia ante la decisión de su único hijo que troncharía su sueño de ser abuela?

—¡Traidora! —gritó la señora a unas pulgadas de su rostro—. ¡Mala hembra!

La sangre rebosante de disciplina comenzó a reverberar dentro del cuerpo de Regina. A pesar de haber escuchado durante décadas todo tipo de insultos, algo en el tono y en el rostro de esa mujer la molestó. El orden se impuso; los pensamientos se aferraron al nieto y al pastel que con tanto cariño había preparado con los limones frescos, del único árbol frutal que sobrevivió los embates del último huracán. Los huevos marrones eran clave para que la mezcla se enlazara de forma armoniosa. Esta vez no hizo el merengue para no tener que escuchar la matraca de la nuera de que los niños hoy en día no deben comer tanta azúcar.

—Leal, por la izquierda se acercan varias más con andadores —dijo el oficial por la radio—. Usted es el blanco.

Regina se aferró al personaje del galán, Armando. Romántico, compasivo, caballero, el sueño de cualquier mujer. ¿Por qué no ha querido tener hijos? ¿Cambiará de opinión cuando se acerque a los sesenta años? ¿Le exigirá a Alicia que se opere para evitar embarazos?

La adrenalina se tornó en combustible al

ver el ejército de mujeres avanzar, fingiendo ser viejecitas indefensas, con pelucas blancas y apoyadas sobre andadores. Atajó la imagen con el recuerdo de la primera vez que cargó a su nieto en el regazo. Juró que sacaría un día a la semana para consentirlo. Cuando el nieto probó el pastel de limón a los catorce meses, los ojos se le iluminaron y soltó por primera vez el "abu Gina". El recuerdo humedece sus ojos y las gafas la hacen sentirse protegida.

—Leal, no se mueva; buscan provocarla —ordenó la voz en la radio.

Nunca supo de dónde vino el golpe que logró que las gafas volaran sobre el público. Regina parpadeó mientras la multitud la insultaba. Los rayos de sol fueron un asalto a sus pupilas. Sintió el impulso de cerrarlos, perturbada por no saber qué estarían revelando al enemigo. Pero la disciplina volvió a imperar. Necesitaba mantener el control, saber lo que la multitud hacía en todo momento. Dos de sus atacantes se le acercaron y comenzaron a manotear cerca de su cara. Imperturbable, Regina intentaba recuperar el hilo de la historia del pastel de limón y el galán caprichoso.

—Leal, todos están atentos para ir a su auxilio —dijo la voz en la radio—. La felicito. Como de costumbre ha manejado la situación muy bien.

Eva, la líder de la manifestación, se quitó la peluca blanca, tiró a un lado el andador, se acercó y la miró fijamente. El silencio, siempre ausente en las manifestaciones, avasalló. En los ojos marrones de Regina se exhibía, a su pesar, una mezcolanza de dolores y alegrías; no podía evitar pensar en el nieto y en la prueba de amor que enfrentaban Alicia y Armando. ¿Exigiría Alicia un pago monetario en caso de una separación? Imaginó al nieto corriendo al refrigerador para ir a comer una tajada del pastel. ¿Lo dejarían comerse el pastel directamente del molde de cristal o lo harían esperar hasta que fuese propiamente servido en un plato? ¿Adoptaría un niño la madre de Alicia si esta accede a la propuesta de Armando?

Duele reconocerlo pero la realidad seguía frente a ella. La sed de venganza tiene como rehén a los ojos de Eva que la mira a sus ojos.

Regina deseó evaporarse. Pero no era una opción. No se movió ni un milímetro. Trató de recuperar el hilo del limón, los huevos color marrón, la harina, el nieto. No funcionó. Tampoco vino a su auxilio recordar cómo vestía Alicia en el último capítulo y cuál fue el avance para el episodio de esta noche.

Una mujer con una cacerola en una mano y un andador en la otra se acercó dispuesta a sepultar con odio a Regina. Tras rozar con la mirada franca los ojos desnudos de Regina, la mano de Eva la detuvo. Ante el asombro de sus seguidores, Eva comenzó la retirada. Inmóvil, Regina maldijo el momento.

Los manifestantes vieron el gesto de Eva

como la señal de repliegue. A pesar de las dudas y los rostros asombrados, la plaza frente al congreso comenzó a vaciarse. Luego de ver al último partir, sus compañeros policías se retiraron sin mirarla. Regina se quedó sola, regia y altiva, protagonista de la historia en la plaza vacía.

—Buen trabajo, Leal —la felicitó la voz en la radio—. Puede retirarse.

Se mantuvo en la posición tratando de recuperar las imágenes del nieto, de Alicia y Armando, del pastel de limón. No fue capaz de recordar y moverse hasta que dos horas más tarde un transeúnte piadoso se acercó, la reconoció y le colocó unas gafas de sol sobre los ojos.

La fama

Después de haber pujado durante catorce horas elogiada por el insistente coro de enfermeras proclamándola una mujer valiente, Catalina Román supo que algo andaba mal cuando su marido le dijo con voz entrecortada, al acercarle la recién nacida: "Has parido una preciosa niña, pero, ¿qué es esa cosa horrible que tienes en la mejilla?". No hubo tiempo de averiguar a qué se refería Esteban.

El ambiente festivo era de esperarse. La niña, Rosa Clotilde, era una criatura hermosa. Lo más notable era la piel fresca que contrastaba con sus ojazos negros. Parecía una bebé de cinco semanas.

Cuando todos se cansaron de echarle piropos, Rosa Clotilde los pasmó al darse la vuelta levemente y alzar la manita hacia su madre para agarrarle las verrugas florecidas en la mejilla. Al palparse el rostro, Catalina encontró dos verrugas fruncidas como piedras, de cuyo centro salían vellos negros y resecos. Entendió entonces las palabras de su marido. Su grito de horror se apoderó de la sala de partos, opacando los acordes de la sonata de Chopin que amenizaba el parto. Las enfermeras que respondieron al grito de auxilio no pudieron más que echarse a reír al oír que la preocupación de la nueva madre era su semblante.

—Catalina, eso es normal después de un parto tan difícil —le dijo el obstetra—. Ya verás como en unos días se te van las verrugas.

La nueva madre se resignó y trató de mostrar un poco de entusiasmo por la criatura de ocho libras que tenía a todos embelesados.

Dos meses después, Catalina acudió a su dermatóloga pues había una nueva verruga, un poco más peluda que las primeras pobladoras. Por si fuera poco, las otras parecían haber encontrado el fertilizante ideal para echar raíces permanentes.

—Debe ser alguna reacción hormonal posparto —dijo la dermatóloga—. No te angusties; se irán con el tiempo.

Transcurridos seis meses, las tres verrugas no daban señal de retirada y lucían gozosas en compañía de dos nuevas cómplices. Catalina dejó de usar cremas faciales, pero esto no aminoró la marcha de los tumorcillos sobre el pómulo.

A los siete meses, para alivio de su marido, el foco de atención de su esposa era el aumento incontrolable de peso. Catalina pensó inicialmente que eran resabios del embarazo, pero ahora estaba segura de que algo anormal le sucedía, pues no era usual aumentar cuarenta y siete libras en tan poco tiempo.

La directora de una de las revistas para la cual había modelado le pidió que posara con su hija para la edición de las madres. Resignada al binomio sobrepeso y mejilla poblada, accedió, advirtiéndole que todavía no se había recuperado del parto. Posó para las fotos luciendo unos inmensos lentes con los cuales escondió parte de la mejilla derecha. Ocultó su figura voluminosa con una de las túnicas hindúes que Esteban le había regalado. Se sintió decepcionada cuando vio en la portada de la revista a Rosa Clotilde, sin madre, como si la hubiese parido la cigüeña. Era la primera vez que escogían a un bebé posando solo para la portada de la edición del Día de las Madres.

La revista se agotó de inmediato. Alertados por la popularidad de la niña, una compañía de alimentos de bebé contrató a Rosa Clotilde para la nueva campaña publicitaria que planificaban. La niña encarnó a la perfección la disciplina y el amor durante la filmación ganándose el afecto del equipo de trabajo, quienes le obsequiaron un enorme oso de peluche.

Estimulada por la popularidad de su hija,

Catalina redobló los intentos por deshacerse de las libras —ahora sumaban cincuenta y siete— que danzaban por su cuerpo sin pudor. Contrató a un entrenador personal con el cual pasaba tres horas diarias en el gimnasio resoplando al ritmo de sus canciones favoritas. Instruyó a la cocinera para preparar solo platos vegetarianos sin una gota de grasa o azúcar.

Esteban bajó dieciocho libras en un mes, las mismas que Catalina aumentó en el mismo tiempo. Sospechando que su esposa comía bocados prohibidos, contrató a un detective privado, que no solo se volvió su sombra, sino que instaló un sistema de cámaras escondidas que apuntaban a cada rincón de la casa. Al mes, este reportó con solemnidad al marido que su esposa no se despachaba con alimentos prohibidos en las penumbras.

—Es una maldición —se lamentaba Catalina—. Por más que trato, solo consigo aumentar de peso.

En efecto, al año de haber nacido la bebé, la balanza indicaba un superávit de noventa y tres libras; tres correspondían a la colonia de nueve verrugas que había plantado bandera en su mejilla. Esteban ahora estaba convencido de que la bebé la tenía bajo el efecto de un hechizo, pues por cada libra que aumentaba la criatura, la madre agregaba seis. El pediatra no entendía por qué Catalina irrumpía en llanto cada vez que proclamaba que la niña había aumentado de peso desde su última visita.

Catalina se resignó y decidió darle cara a la vida con su nuevo cuerpo. Comenzaron a gustarle las batas anchas y hasta se atrevió a usar una color púrpura con un escote profundo que realzaba su abultado, pero firme, busto. Perfeccionó el arte de usar sombreros de ala ancha que ocultaran un poco las verrugas. Las que no podía enmascarar las pintaba de colores como si fuesen lunas desorbitadas en una nueva galaxia.

Una vez más, comenzó a disfrutar los paseos; se acostumbró a las miradas de sorpresa que veía en la gente, pues era obvio que sus atributos físicos no eran nada comunes. Pero le complacía saber que las miradas ya no solo se posaban en Rosa Clotilde, sino que daban un brinco espontáneo hacia sus exageradas curvas y a su escultural rostro.

—Eres valiente al salir así a la calle —dijo su amiga Emilia Casiano una tarde—. Yo que tú, no me atrevería.

—Pues no me ha quedado remedio —contestó Catalina—. Si esto es una prueba de Dios, que me ha dado una hija tan hermosa, mientras mi cuerpo y cara cambian, pues ¡bienvenida sea!

Rosa Clotilde aprendió a contar hasta el número catorce usando a manera de ábaco las verrugas de la mejilla materna. Por su parte, Catalina comenzó a disfrutar a su bebé, olvidándose por completo de la teoría del hechizo.

Un 3 de febrero, Catalina se levantó con renovados deseos de cantar. Había aceptado que uno de los periodistas más respetados de la comunidad la entrevistara en la televisión. Serían veinte minutos solo para ella, pues esta vez no pidieron que trajera a Rosa Clotilde. Se puso la batola más vistosa, en tonalidades verdes y rojas, con franjas azules, y lunares amarillos y negros. Se maquilló cuidadosamente, resaltando cada uno de los velludos bultos faciales.

Al arribar al estudio de la televisora cientos de personas esperaban su llegada. Pudo divisar un cartel que decía: "Estamos contigo, Catalina". Había mujeres ataviadas con túnicas de colores y con maquillajes que resaltaban sus verrugas y lunares. Tirándoles un beso desde una distancia prudente, Catalina bamboleó sus caderas hasta la puerta de entrada del estudio. Los ejecutivos más importantes de la emisora interrumpieron sus agendas para ir a conocerla y tomarse fotos con sus celulares.

El entrevistador, Federico Neico, la escoltó hasta el Estudio B donde los aplausos y los vítores arrancaron de los ojos de Catalina lágrimas que, en el lado derecho de su rostro, quedaron como charcos, acumuladas entre las verrugas. El director no perdió tiempo en dar la señal para filmar.

—Es un placer tenerla en nuestro programa —dijo Neico.

—El placer es mío.

—Cuéntenos sobre usted —dijo Neico—. ¿Qué pasó con la Catalina de medidas perfectas y bello rostro?

—Es una larga historia. Mi cuerpo sufrió cambios luego de mi embarazo.

—Pero le lucen muy bien esas libras de más y las verrugas —contestó Neico—. Tengo entendido que ya tiene seguidoras que hasta se han mandado a hacer cirugías en la cara para añadirse verrugas.

Nunca olvidó que fue justo en ese instante cuando sintió un leve pinchazo en el rostro. Se concentró para determinar, con el debido recato, si había algún mosquito dándole vueltas a una de sus verrugas.

—¿Y su marido? ¿Qué dice del cambio físico?

—Me sigue amando. Dice que lo que me haga feliz a mí, lo hace feliz a él.

Catalina sintió el segundo pinchazo un poco más arriba del primero. Pero lo que más la alarmó fue el golpe súbito y agudo que sintió en su nalga izquierda. Era imposible que fuese un codazo pues el entrevistador estaba a varios pies de distancia.

—Catalina, ¿le han hecho alguna evaluación médica para determinar las razones de los cambios?

—¡Qué prueba no me han hecho! Todo ha salido negativo y...

El lado izquierdo del cuerpo de Catalina se desplomó. Sorprendido, el entrevistador saltó de la silla y la agarró por un brazo. Mientras intentaba sostenerla se disculpó, y ordenó una pausa comercial.

—¿Está bien, Catalina? ¿Quiere un poco de agua?

—Me siento rara.

—Los nervios traicionan hasta a los veteranos, así que relájese, todo va a salir bien.

Catalina miró perpleja a Federico.

—No son los nervios... Algo extraño me está ocurriendo.

—Tranquila. Ya casi terminamos.

Al regresar al aire, Catalina concentró toda su energía en la entrevista para olvidarse de los pinchazos y los derrumbamientos inoportunos. No pudo, sin embargo, evitar que se escapara un gemido al sentir un agudo hormigueo sobre la mejilla colonizada. Neico, pensando que los nervios la volvían a traicionar, le sonrió y le guiñó su ojo derecho en solidaridad.

—Catalina, ¿qué se siente ser una mujer diferente?

—Fabuloso. Al principio no me gustó pero ya después me acostumbré... ¡Coño!

—¿Qué pasó? —preguntó alarmado Neico.

—Perdón... Es que siento un picor insoportable en la mejilla. Si me rasco, echaré a perder el maquillaje...

—Amigos televidentes, volvemos después de esta pausa comercial.

El aturdido Neico fue el primero en notar la transformación de Catalina. Liberada de decenas de libras, el vestido le colgaba por todo el cuerpo; las capas de maquillaje se desprendían de su rostro. Sus verrugas explotaban una tras otra, desparramando un líquido verde azulado que empapaba la alfombra del escenario.

—¿Qué te ha pasado? Por Dios, ¿qué te has hecho? —gritaba Esteban al correr al encuentro de su esposa.

Catalina se sentía extraña, pero no lograba entender los cambios abruptos en su cuerpo. Al verse en el espejo que uno de los técnicos le acercó, se le escapó un grito ancho y pleno que hizo trizas su reflejo.

—Catalina... Esto es un desastre. Nos echó a perder el programa —le recriminó Neico.

Gracias a que el productor pudo salir del trance que le provocó ver a la nueva Catalina, impartió instrucciones para transmitir lo que sucedía. Los televidentes presenciaron el momento en que Catalina sucumbió a su nueva realidad al son de lamentos y llantos.

—¡Dios mío! ¿Qué me has hecho? ¿Qué es esto? ¿Dónde están mis verrugas y mis bultos de grasa? ¿Qué va a ser de mi fama?

Con dos cachetadas, el productor hizo volver en sí al patidifuso entrevistador para que continuara con la entrevista.

—¡Esto es un milagro! —gritó Neico—. Ha recobrado su cuerpo, su rostro. ¡Ya no hay verrugas!

La cámara se acercó lo suficiente como para que los televidentes vieran la mirada de horror que surgía entre los pliegues de maquillaje húmedo y las verrugas desinfladas, pero aún peludas, de Catalina.

—¡Lo has logrado! —gritó su esposo—. ¡Eres nuevamente mi Catalina!

La recepcionista de la emisora entró gritando al estudio a informar que miles de visitantes amenazaban con destruir la emisora a menos que terminara el acto de magia y reapareciera la verdadera Catalina.

Desconsolada por su nueva suerte, Catalina cayó suavemente sobre las yardas de tela que ahora sobraban. Antes de perder el conocimiento, juró que algún día recobraría su belleza.

La irreverencia

Sobre el mantel de cuadros azules, la conversación pasa a otro tema: la política. Para no perder la costumbre, Roberto Santos Patín monta tribuna. Si hay algo que lo apasiona es la política y el impacto que sus ramificaciones sociales, sicológicas y económicas tienen en la vida de los ciudadanos. Como si hubiese ensayado por horas antes de acudir junto a su tímida y recatada esposa, Celeste, a la cita mensual en el bar campestre Sin Censura, Roberto se infla y los cinco pies y diez pulgadas de estatura se explayan. Toma de golpe dos onzas de tequila, se relame con gusto y abre la boca repleta de dientes inmaculados perfectamente alineados.

—Los sistemas totalitarios funcionan —

sentencia Roberto—. El problema es que quienes los han intentado fracasaron por usar teorías obsoletas.

El dictamen verbal provoca el efecto deseado; todos se vuelven y lo contemplan con miradas alentadoras. Roberto se amarra la melena grisácea con la desgastada pañoleta roja y blanca que unos minutos antes todavía utilizaba de corbata. El ademán resulta harto conocido y es recibido como la señal inequívoca de que Roberto apenas se está enardeciendo.

Durante la breve pausa, que incluye una señal al mozo para que le sirva otro tequila, los compañeros aprovechan para pinchar los últimos pedazos de morcilla que con dignidad se resignan a ser chuzados. Queda solo una y la blancuzca capa de grasa gélida clama por algún intrépido comensal que vaya al rescate.

Hay alguien al tanto del suplicio de la morcilla: Celeste. A esta le resulta curioso que las mismas personas que seis minutos antes no ocultaban su voraz apetito ahora miren con indiferencia al acongojado y solitario embutido. Se divierte al confirmar que el bar Sin Censura fracasa en el intento de simular finura al servir manjares pueblerinos en una rosada vajilla de cristal soplado. Ni las velas aromáticas de colores pálidos en la mesa logran minimizar la ordinariez de un vulgar embutido.

La mártir culinaria no peca de fealdad. Al contrario, está bien formadita, y su cubierta intacta esconde el origen genealógico. El color es perfecto: negro con asentamientos blancos, señal de que ha sido preparada con esmero y nada se ha dejado al azar. De su negra boca asoman ocho puntitos blancos, el número suficiente, de acuerdo al menú, para ostentar la apropiada designación de la Sociedad Internacional de Cocineros de Morcilla.

Luego de un rápido escrutinio mental, Celeste concluye que el problema estriba en que la orden de morcillas contenía trece pedazos. Se pregunta una vez más por qué los restaurantes se empeñan en servir órdenes en las que por designio social siempre sobra un pedazo. Las cadenas de pizza insisten en decir que una pizza trae ocho pedazos. Pero ella ha comprobado que algunas tienen nueve o solo siete. Ha desistido de llamar a los gerentes para quejarse pues la reacción siempre es igual: "Señora, se está comiendo la misma cantidad de pizza".

Celeste mira alrededor de la mesa en la búsqueda del valiente ser humano que engullirá con la debida ceremonia el restante trozo que espera en el plato. Está segura de que José Ernesto Cintrón Rivera, el glotón del grupo, no comprometerá la dignidad sucumbiendo a la última provocación gastronómica de la noche. Todos especulan que se atraca de comida en privado, pues solo así se explica que sus caderas continúen la trayectoria horizontal de la gordura a pesar de que siempre ordena ensaladas verdes y pechuga de pollo a la parrilla. En el trabajo es igual. Aparenta tener todo bajo control, pero la noche antes del día de radicar las mociones en el tribunal, se le ve llevar a escondidas los expedientes para ponerse al día en su casa. Al día siguiente, la oscuridad de las ojeras compite con su inconmensurable barriga.

Junto a él, Carmen Rosín Pérez Pinzón se excusa por tercera vez para ir al baño. Celeste la observó al entrar. Tomó tres palillos de dientes del mostrador y los colocó en el bolsillo interior de su cartera Dior. Carmen Rosín no se limpiaría en público los negros residuos de morcilla incrustados en su sonrisa. Se dirige al baño, seguida por las miradas de admiración que no le pierden el rastro a las exuberantes caderas atrapadas en nilón, mientras se columpian sobre los tacones de tres pulgadas. De seguro Carmen Rosín tampoco pinchará la morcilla. Su tercer palillo de dientes ya tiene destino; limpiar su primorosa sonrisa.

Celeste no puede evitar sonreírse al recordar que fue precisamente Carmen Rosín la única que se opuso a la idea de comer comida criolla. Alberto, su marido, tuvo que convencerla asegurándole de que también vendían pechuga asada. A pesar de sus melindres devoró el cuajo igual que los demás, mientras esgrimía el argumento de que no quería ser la nota discordante y que, bendito, lo hacía por consideración a los niños de África que no tienen qué comer. Al servirse el segundo plato, con cara de disgusto añadió que, "pobrecitos, en Haití se siguen muriendo por culpa de la gente que desperdicia comida".

¿Y Alberto Torres Bryan? ¿Se atreverá a comerse el solitario trozo de morcilla? Ni pensarlo. Callado, Alberto sigue las instrucciones de Carmen Rosín al pie de la letra. La teoría de Roberto es que con esa mujer tan despampanante no hay necesidad de que Alberto sea extrovertido. Además, concluye Celeste, Alberto no es de mucho comer. La mejor prueba es la correa de cuero colombiano que lleva años usando y que debe medir treinta y dos de cintura. Pero es el más productivo en la firma, lo cual atribuyen a su rigurosidad con el horario de trabajo. De hecho, es el único que tiene como regla no tratar asuntos personales durante los almuerzos ejecutivos por considerarlos superfluos.

—Pero es que no hay razón para que la economía esté estancada —dice Roberto, acentuando cada palabra con las manos—. Las tasas de interés están bajas y el desempleo en Latinoamérica sigue en descenso.

El desempleo podrá estar bajando, piensa Celeste, pero no el pedazo de morcilla chiclosa que su marido Roberto insiste en masticar mientras emite las palabras proféticas. De todos modos, este no se comerá la última morcilla, no porque no le gusten, sino porque, ensimismado en su ponencia, ignora que queda una. Quién diría que el abogado elocuente y arrojado es el hombre más soñador y despistado que ella ha conocido. A veces se pregunta cómo Roberto, a quien conoció estudiando la carrera de abogada, ha llegado tan lejos, abstraído en un desorden eterno.

Sin quitarle los ojos a la negra y arrugada víctima de la indiferencia humana, Celeste concluye que no, que Roberto jamás se comerá la última morcilla. Siente orgullo ya que no son muchos los hombres que prefieren perderse en las ideas que comerse un manjar de tripas.

Solo hay una posibilidad: Clara Ramos Pedraza. Si hay alguien en esa mesa que no le tiene miedo al qué dirán es Clara, la feminista que ha recibido mucha atención de la prensa por tomar casos de empleadas domésticas que acusan a los patronos de hostigamiento sexual. Fue precisamente ella la que sin remilgos se comió el cuerito del lechón y se chupó los dedos, uno tras otro, como si de cada uno pendiera su vida.

—Lo que pasa es que a ti lo único que te importa es la economía —sentencia Clara, mientras enseña sus dientes negros cortesía de la morcilla—. Como todos tus clientes son corporativos...

Nadie se inmuta, nadie dice ni pío. Las declaraciones tajantes de Clara ya no surten el mismo efecto. Celeste recuerda la primera vez que salieron juntos. Han pasado cerca de veinte años. Los colegas abogados del bufete habían decidido reunirse mensualmente fuera del trabajo para afianzar los lazos de colaboración. En aquella primera reunión Clara, sin apenas haber terminado el primer trago de la noche, acusó a Carmen Rosín de ser una vergüenza para el sexo femenino por ser el prototipo de la mujer sumisa que depende de sus encantos femeninos para vivir. Carmen Rosín solo sonrió en aquella ocasión. Desde entonces usaba los trajes más sugestivos y atrevidos, siempre y cuando no tuviera que asistir al tribunal.

—Apuesto a que Clara acaba de decretar que todos los hombres son cerdos materialistas y las mujeres, sus objetos —dice Carmen Rosín al sentarse a la mesa sin rastro de embutido alguno entre los dientes.

Como si se tratara de un guion de cine, ninguno responde. Los comentarios fuera de lugar ya no empañan las tertulias. El secreto estriba en ignorar los insultos o despacharlos con otro trago para continuar cultivando la solidaridad empresarial.

El mozo se acerca a la mesa con ese sigilo que solo enseñan las escuelas profesionales de cocina internacional. A Celeste le intriga que no siga el protocolo y que primero retire con meticulosidad los platos de los hombres. El proceso es sistemático pues, luego de entablar contacto visual con la persona, el mesero acerca su mano derecha —siempre por el lado izquierdo— y lo retira con delicadeza. Al regresar por otro plato, su marcha es más calmada y Celeste puede constatar que apenas le toma sesenta y tres pasos llegar del salón al umbral de la cocina.

Con las mujeres, la etiqueta varía al no molestarse en pedir autorización visual y su prisa en ir y venir es más que evidente, ya que los sesenta y tres pasos se reducen a cincuenta y uno. ¿Por qué?, se pregunta. ¿Enseñarán en las escuelas de cocina que hay que ir más de prisa con el plato sucio de una mujer?

El mozo se acerca a la mesa para retirar el plato color frambuesa donde espera su suerte, entre frígidos cuajos de grasa, la morcilla. Justo cuando toma el plato, un '¡No!' agudo y desesperado lo detiene. Alguien le agarra la mano con fuerza y le hace perder el equilibrio. La inflación, el desempleo, el feminismo y el uso de los palillos de dientes quedan suspendidos en el aire. Todos giran para entender lo que sucede.

Con gesto decidido, Celeste se ha levantado de la silla mientras empuña el tenedor en una mano. Tras acomodarse la larga falda gitana, se inclina y pincha sin piedad la negra y arrugada víctima de la noche. Exhibe el trofeo alrededor de la mesa sin remordimiento. Frente a los atónitos compañeros, abre la boca y sin censura les hace justicia gastronómica a cada uno de los grasosos puntos blancos de la mártir de turno. Satisfecha, les regala a sus colegas una generosa sonrisa amorcillada.

El deber

Hubiera sido un martes rutinario, sin sorpresas. Las nubes cenicientas despedían los remanentes del largo invierno. Carolina vestía un traje azul oscuro y zapatos deportivos. Iba a comprar sushi para volver a su oficina donde la esperaban pacientes deseosos de un diagnóstico epidérmico. Tenía la opción de que le trajeran el almuerzo, pero esa media hora era imprescindible para salir de su rutina, respirar aire fresco y ejercitarse. Además, disfrutaba el privilegio de sentirse anónima en la urbe neoyorkina.

Se acomodó el auricular del iPod, para enajenarse del bullicio con Bon Jovi y los Rolling Stones. Caminó dos cuadras hasta el pequeño delicatessen coreano. La única modificación a su rutina esa tarde fue girar la cabeza hacia la izquierda cuando pasaba frente a la tienda de música y películas. Lo primero que cautivó a Carolina fue el melancólico aspecto del anciano sentado en el interior. La fuerza de esa mirada logró que redujera el paso apresurado que llevaba por la avenida atiborrada de transeúntes, semáforos y vitrinas deslumbrantes.

Por el entramado de arrugas y la postura ligeramente encorvada, calculó que el hombre rayaba en los ochenta. Vestía un fatigado traje de pana negro, acentuado por una corbata negra de lunares rojos asimétricos. Su mirada se levantaba sobre las torres de discos compactos colocados en el mostrador frente a él y se perdía hacia fuera de los confines del local. Dada su pericia, Carolina detectó que un postizo negro le cubría la cabeza. Junto al hombre, una empleada frente a la caja registradora leía la edición más reciente de la revista *People*. Solo ellos dos estaban en esa sección dedicada a la música iberoamericana.

Algo en el rostro del hombre, estriado por el desánimo, hizo que Carolina bajara el ritmo de su paso. Intentó continuar la rutina del martes. Sin embargo, la mirada desterrada activó las emociones, tal y como cuando por accidente escuchaba una canción de Pedro Flores o un poema de Gabriela Mistral. O cuando tropezaba con la caja escondida donde conservaba los escritos de Cortázar, Benedetti, Neruda y Julia de Burgos, y las fotos polaroid que recogían aquellos momentos con sus cuatro hermanos en el parque caribeño, meciéndose en columpios roídos en medio de un pastizal salvaje lleno de charcos.

Subió el volumen del iPod y decidió continuar su camino. Pero el destino, el suyo, la colocó frente a la puerta de la tienda. Entró. El hombre seguía distraído con el trajín al otro lado de la vitrina. Parecía no percatarse de nada a su alrededor, lo cual desentonaba con el atuendo y el porte garboso que a todas luces imploraban atención.

Carolina lo observó con disimulo mientras analizaba un cedé. Estudiaba al personaje con el rabillo del ojo, convencida de que lo conocía. Trató de ubicarlo en alguna memoria de sus cuatro décadas de vida. Sabía que no pertenecía a las dos más recientes. Esas estaban protagonizadas por su marido médico, su hija Kathy de diecinueve años, el consultorio de la Quinta Avenida, las temporadas en su chalet de Colorado y sus muchos viajes alrededor del mundo. Echarle un vistazo rápido al nombre del cantante en los discos compactos aceleraría el proceso de identificación, pero hubiera acabado con la urgencia repentina de lograr el cometido, paso a paso, sin prisa.

Por el altavoz de la tienda comenzó a escuchar palabras familiares, sonoras erres y las sílabas fuertes de esa lengua que Carolina había relegado hacía dos décadas y convertido en su segundo idioma. Uno de los tantos pasos que había dado para sepultar su pasado.

"Gracias a tu mirada, tengo la esperanza de escapar de este martirio".

Cada palabra, cada nota musical aceleró la travesía sentimental de Carolina. Sintió cercana la identidad del hombre cuando se remontó a su temprana niñez: los muebles de la sala tapizados en tela floreada y revestidos de plástico para protegerlos; los mosquitos, las imágenes religiosas de las que colgaba el ramo de palmas, el piso de losetas grandes con máculas negras que parecían gusanos. El protagonista en la sala era el tocadiscos junto a las hileras de elepés. Recordó a su padre, vestido de camisa blanca con mangas largas y lacito negro; todos los días salía cargando con su maletín. Entonces la madre corría a la marquesina para asegurarse que el *Chevrolet* había partido. Solo entonces cambiaba el disco de Daniel Santos o el de María Callas y lo reemplazaba con el del cantante con voz fuerte y melódica. La madre sudorosa, con el cabello recogido en un moño, dejaba el paño de limpiar los muebles y el frasco de aceite de teca, y se sentaba por unos segundos en la mecedora, cerraba los ojos y disfrutaba la música. En ocasiones, convencida de que nadie la miraba, fumaba mientras lo escuchaba.

Por el altavoz se anunció que el precio del disco compacto en promoción ese día, *La mirada*, acababa de rebajarse de $2.99 a $1.99. Cayó entonces en cuenta que el disco en especial era el suyo, el de aquel cantante que llenaba las tardes de su madre.

De niña sintió curiosidad por saber por qué su madre escondía aquel elepé de canciones incitantes y seductoras. Un día lo buscó hasta encontrarlo en el mueble junto al tocadiscos, perdido entre los manteles de mundillo de su abuela. Apenas tenía siete años, pero recordó cómo escudriñó la cara del hombre en la carátula. Le llamó la atención la sonrisa perfecta, el brillo inusual en los ojos. Con seguridad, pensó, él sabía que infinidad de mujeres como su madre lo disfrutaban a escondidas. Por eso sonreía así.

Los recuerdos afloraron sin que Carolina pudiera gobernarlos. Se remontó a una tarde en la avenida Pacífico del Norte. Ella y sus hermanos mayores acompañaban a la madre a esperar al carro descapotado en el cual viajaría el *Ídolo de América*. Miles de personas acudían a recibir al cantante en su primera visita a la isla. La magia del televisor blanco y negro lo había investido con aquel título. La madre, que hasta su muerte contó que él la miró cuando el carro cruzó frente a ella, les hizo jurar que no le contarían al padre sobre la salida de ese día; que sería su secreto. A Carolina no le sorprendió el pedido pues, en más de una ocasión, escuchó a su padre borracho vociferar que el tal *Ídolo de América* era un marica, aunque estuviera casado

---

83

y con hijos. Recordó la sonrisa de su madre y el puño derecho cerrado detrás de la falda larga, mientras toleraba la perorata del marido.

Del altoparlante en la tienda una nueva canción del pasado sacudió los recuerdos de Carolina.

"Es ahora o nunca, te lo juro".

Tres años después de la aventura en la Pacífico del Norte, la madre comenzó a fumar abiertamente, a usar minifalda (ya no escondería los moretones bajo las faldas), el pelo corto y los labios siempre de rojo. Recuerda ese dos de abril cuando bajaba las escalinatas del tribunal, con sus cinco hijos, sin anillo, sonreída. Desde ese día no escondió los elepés.

Carolina miró al cantante y una desolación colmada de sollozos truncos se apoderó de ella. La tienda se había llenado de turistas, de estudiantes universitarios y de empleados que aprovechaban la hora de almuerzo para distraerse de la rutina. Con seguridad, pensó Carolina, ninguno de ellos reparaba en el cantante convertido en hastío que esperaba tras el mostrador en la sección iberoamericana.

Respiró profundamente para no llorar y tragó con fuerza para aclarar el nudo que tenía en la garganta. Decidida, se acercó a la mesa.

—¡Ay, Dios mío, si eres tú! —gritó Carolina, con los ojos radiantes y agitando los brazos para exagerar la alegría.

Con la parsimonia que engendra el vaivén existencial, el cantante se volteó. Poco a poco, la tristeza fue levitando hasta que dio paso a lo que Carolina interpretó como un asomo de ilusión. El rostro del cantante se suavizó hasta que reunió fuerzas para esbozar una ligera sonrisa.

Sin importarle lo que escogía, Carolina tomó en las manos temblorosas cuatro cedés del mostrador.

—Me crié escuchando su música —dijo—. Mi mamá era su admiradora número uno.

El cantante tomó el bolígrafo con firmeza. Sus manos y su pierna derecha no cesaban de temblar. La cajera intentó ayudarlo. El hombre la miró fríamente. La muchacha disimuló y se retiró. Por fin, el cantante logró deshacer la cubierta del primer cedé y retirar la portada de papel. Miró interrogante a Carolina.

—Ah, Carol Douglas —dijo Carolina tras una pausa.

El cantante la miró con curiosidad.

—Bueno, en realidad es Carolina Pérez, pero Caro es suficiente —añadió con vergüenza—. Le di el apellido de casada.

Sin borrar la sonrisa del rostro, con un falso aplomo, le autografió los cedés.

Ya de cerca Carolina reconoció los rasguños en la cara y adivinó el torpe uso de una navaja de afeitar. Su sonrisa perfecta delataba una dentadura postiza. No se le escapó un vaho a alcohol fuerte, posiblemente vodka, al cual un enjuague bucal trataba de empequeñecer.

—Mi mamá fue maestra de español en la escuela elemental —continuó Carolina, mientras pagaba a la empleada—. Terminó de estudiar con cursos nocturnos.

La conversación en español levantó miradas de curiosidad en los clientes y algunos se acercaron a la mesa.

—Si no me acerco, ni cuenta me hubiera dado de quién estaba aquí —dijo una anciana—. Lo vi a usted en el Madison Square Garden hace treinta años.

—*Oh baby, it´s you* —gritó otra señora setentona acercándose—. Mi boda, tu canción, *Locura, you know*, la tocaron. *Crazy*. Cuando diga a Papo te conocí en persona. *Wow*.

Esta vez el cantante sonrió sin esfuerzo. Otra canción romántica se dejó sentir en la tienda. *Algo más te espera, sé valiente, te lo pido.*

—Mira quien está aquí. El verdadero *Ídolo de América* —gritó otra mujer—. Te hacía muerto hace rato.

—Esos que se llaman ahora *Ídolos de América* ni te pisan los talones —aseguró una mujer con acento colombiano—. Puros clones.

Carolina quiso mirar a los ojos al cantante antes de partir. No estuvo segura si él evitó encontrarse con su mirada. Tomó la bolsa y se dirigió a la puerta. La fila para pedir el autógrafo comenzaba a crecer. A punto de salir, una señora le tocó el hombro:

—Quiere hablar con usted —le dijo a Carolina apuntando en dirección al cantante.

Curiosa, Carolina se acercó. Sobre el mostrador había un cedé que él empujó con el dedo índice sin mirarla. Confundida, Carolina lo tomó. Se titulaba *El deber*. Comenzó a rebuscar en la cartera para pagar cuando sintió la mano que la detenía con sorpresiva fuerza y sin temblor. Carolina lo miró a los ojos y la necesidad de una explicación se evaporó.

Al salir cada paso se convirtió en una reminiscencia cronológica suprimida por muchos años, comenzando con la inocencia, el misterio, el terror, el alivio, la alegría, la incertidumbre, el olvido y, finalmente, la libertad. Quiso voltearse para verlo por última vez, pero el miedo, el suyo, la paralizó.

Protegida por la música de su iPod, a una cuadra de su oficina, Carolina abrió el cedé. El nudo en la garganta comenzó a desatarse, suavizado por el poder liberador de tantos años de pena reprimida. Ni siquiera en el funeral de su madre hacía ocho años había llorado tanto. Se arrancó el iPod liberando sus sentidos, se sentó al borde de la acera y leyó finalmente las palabras que el cantante le había escrito:

Mi querida Carolina Pérez: Gracias por hacerme sentir Ídolo de América otra vez. Siempre.

La perfección

Sudorosa aún, Rocío no cesa de escrudiñar los ojos de la criatura que acaba de parir. En ese momento la tiene sin cuidado si falta uno de sus veinte deditos, si tiene dos manos o si llegó con el patrimonio correspondiente a un varón entre las piernas.

Tras el consentimiento del obstetra, la enfermera se acerca para retirar al bebé que han decidido llamar Claudio Ernesto.

—Todavía no —dice, resistiéndose a entregarlo—. Los expertos dicen que no debe bostezar durante los primeros cinco minutos de vida. Falta un minuto y medio.

Su esposo, Ernesto, sonríe; el obstetra se encoge de hombros y se marcha, no sin antes darle unas palmaditas al pediatra que debe corroborar la salud del benjamín.

–¡No bostezó! —proclama Rocío tras verificar la hora en su reloj pulsera.

Todos aplauden aunque se miran perplejos por la preocupación de la madre que se alarma por la posibilidad de que su recién nacido bostece. Cinco años atrás, nadie cronometró el primer bostezo de Claudia Rocío, la primogénita de Ernesto y Rocío.

Luego de recibir el visto bueno del pediatra todos respiran aliviados. Rocío toma al bebé en sus brazos y le sonríe.

—Juro que jamás bostezarás durante tus primeros cuatro años de vida —dice con solemnidad.

Claudio Ernesto no bostezó los primeros tres años y once meses. Su madre se encargó de que así fuera. Mantenía en todo momento por lo menos dos de los sentidos del niño ocupados al mismo tiempo para evitar que se aburriera. Un amago de boqueada hacía que corrieran en busca del peluche favorito o del móvil con los animales del circo que tanto le gustaba, el cual giraba sobre su cuna al ritmo de la *Sonata para piano número tres en fa menor de Brahms*. Si no tenían tiempo para evitar el avance del bostezo le cerraban la boca con firmeza.

La raíz de la preocupación maternal no era un capricho. Estaba basada en una lectura que había hecho en una revista médica. El reportaje esbozaba la teoría de unos sicólogos europeos sobre el estudio de ecografías a través de las cuales observaban el comportamiento de los fetos. El estudio duró cinco décadas. Se descubrió que los fetos que bostezaron con mayor frecuencia continuaban haciéndolo el resto de sus vidas y, por lo general, fracasaban profesionalmente. Sin embargo, si los padres lograban que, una vez nacieran, no bostezaran durante los primeros cuatro años de vida, de adultos tenían un margen menor de fracasos profesionales. Las probabilidades mejoraban aún más en aquellos que no bostezaban durante los primeros cinco minutos de vida.

"Jamás permitiré que mi próximo hijo bostece", se juró Rocío al concluir la lectura.

Para resanar la falta de conocimiento de un dato tan importante sobre los bostezos, Rocío insistió que a Claudia Rocío le abrieran una cuenta de ahorros para contratar un tratamiento sicológico en su adultez en caso de que su vida profesional fuera un fiasco.

No pasó un día sin que Claudio Ernesto dejara de estar expuesto, dentro del vientre de su madre, a todo tipo de música, exposiciones de arte, a la lectura de cuentos de niños y hasta clásicos como *Don Quijote de la Mancha*. En ninguna de las ecografías a las que se sometió Rocío hubo una amenaza de un bostezo, lo cual complacía sobremanera a la madre.

Tras el nacimiento, Rocío renunció al empleo como química para supervisar su comportamiento durante el día. Al dormir, el monitor con video y sensor de movimiento en la habitación facilitaba la tarea. Rocío sabía que si uno de los cachetes del bebé comenzaba a temblar levemente debía correr al cuarto pues era la primera señal de un posible bostezo.

El día antes de Claudio Ernesto cumplir sus cuatro años, el padre insistió que era tiempo de que salieran solos, él y Rocío. Era ínfima la posibilidad de que Claudio Ernesto bostezara apenas horas antes de cruzar el umbral de la edad límite, pensó Rocío, así que accedió. Además, el niño llevaba siete meses sin un amago de bostezo. La nana, con claras instrucciones de Rocío, accedió a quedarse unas horas extra con los niños.

Cenaban con amigos y todo iba bien hasta que recibieron la llamada en el móvil. Era Claudia Rocío. Estaba alarmada.

—¿Qué pasa, hija? —respondió con inquietud Rocío.

—Es Claudio Ernesto —dijo la niña—. Acaba de bostezar.

Rocío gritó, lo cual hizo que Ernesto se levantara rápidamente de la silla, presto a salir en el carro.

—¿Qué pasa? —preguntó.

—Claudio Ernesto… bostezó —respondió la atribulada esposa.

Los esposos salieron corriendo del restaurante y llegaron al hogar a tiempo para evitar la catástrofe de otro bostezo. La niñera lloraba desconsolada. Les aseguró a los padres que, tal y como le habían indicado, tan pronto vio el movimiento en el cachete procedió a cantarle, hacerle señas con las manos y hasta rescató del baúl de los recuerdos el viejo móvil circense. Trató de cerrarle la boca, pero el niño la mordió. Luego bostezó a su antojo. El niño se carcajeaba con cada nuevo bostezo.

Desde ese día, Rocío no se separó del lado de su hijo; ya ni cuenta llevaba de cuántos años, meses y días habían pasado desde que cumplió los cuatro años. Cuando en el preescolar le informaron sobre el primer bostezo, decidió que era mejor que recibiera clases en la casa. A los dos meses, Claudio Ernesto comenzó a bostezar y no hubo forma de lograr que cesara a pesar de la larga secuencia de tutores, de viajes educativos a Europa, de las salidas semanales al teatro, a la ópera, a ver películas extranjeras y a las exposiciones de arte. Le cambiaron el violín por un violonchelo luego del segundo bostezo en la clase en el Conservatorio de Música. Pero el respiro apenas duró tres semanas. La flauta, el piano, las clases de taichi, pintura en óleo, escritura creativa, balompié y natación sincronizada tampoco lograron detener la sucesión de bostezos.

Rocío murió como resultado de un fulminante ataque cardiaco tras un largo bostezo. Sin necesidad de recurrir a la cuenta de ahorros que sus padres le habían abierto, Claudia Rocío se convirtió en astronauta, luego de completar un doctorado en física y ganar un reconocimiento internacional por su estudio sobre cómo afecta la gravedad a la intensidad y duración de los bostezos. Claudio Ernesto se declaró su admirador número uno mientras que, entre bostezo y bostezo, continuó la búsqueda de su destino.

La aventura

Siento en lo más recóndito de mi ser ese cosquilleo que desearía fuera perpetuo.

Tu mano se desliza tímidamente por mi muslo izquierdo, e indaga si en verdad hay adentro venas llenas de vida. La inquietud indica que la pasión discurre bajo mi piel contraída por la emoción de sentir algo nuevo y excitante.

El alto de tu mano, repentino y fugaz, ocurre a unos centímetros de mi distrito rojo. Solo que esta vez no hay luces de neón que te inviten a proseguir en ese atrevido tanteo. Me pregunto si seguirás o te atemorizarás. Pero, si tuviste la osadía de posar la mano sobre mi pierna luego de apartar levemente la cobija azul celeste, no veo qué podría detenerte ahora.

Decido extender el acto de fingir que dormito; me preocupa mi reacción un poco atolondrada. Unos segundos antes había pensado que soñaba cuando sentí una energía exótica, pero conocida, entre mis piernas. Solo tuve que entreabrir los ojos unos segundos para darme cuenta de que mi mundo es un autobús que me transporta por un continente que desconocía hace tres semanas. La cordillera andina me saluda a mi derecha mientras a mis espaldas la intrigante ciudad chilena de Temuco continúa su larga despedida.

Al hacer un esfuerzo por domar la pasión a fuerza de latigazos de la conciencia, mi primera reacción es obviamente disparar un par de palabras fuertes en dirección tuya y alertar al encargado del autobús sobre tu acción tan atrevida. No me decido, no por temor, sino porque me gusta lo que mis sentidos me revelan y me intriga saber hasta dónde osarás llegar.

Cierro los ojos nuevamente y, mientras tu mano provoca, trato de recordar tu rostro que solo por unos segundos atisbé, antes de que abordases el autobús. Observé cuando acomodaste tu mochila de cuero viejo y la guitarra en la zona de carga, luego de esperar con paciencia que la anciana colocara su maleta con la ayuda de un maletero. La amalgama étnica de la mujer y su porte digno y firme llamaron mi atención, pero no encontré a tiempo mi cámara para convertir su rostro en prenda artística. Tras percatarte de que los observaba, la ayudaste a subir al autobús. Traté de esconder la cámara, pero la mujer me vio y rehusó ser mi acompañante. Tuviste que ocupar su lugar, a mi lado. Te acomodaste con un grueso libro en la mano y no tardó mucho en asaltarme el olor a queso rancio de tu abrigo. Estas tres semanas de viaje me han enseñado a acostumbrarme a ese olor común en invierno por este lado del mundo. Llevas pelo largo, de eso sí me acuerdo. Cuánto daría por estudiar tus facciones y tu rostro, pero entonces echaría a perder la magia, la comunicación anónima e incitante que hemos entablado.

No he movido ni una pulgada de mi cuerpo desde el descubrimiento del inusitado tropiezo de tu mano y mi cuerpo. Temo que concluya esta aventura, si me acomodo más de lo debido. La disciplina académica me ayuda a mantener la compostura. Tu mano ahora se mantiene cálida pero inerte sobre mi distrito rojo. Confieso que no me importa. Intuyo por el movimiento rítmico de tu asiento que la otra mano reposa feliz en tu entrepierna, bajo la gracia de tu manta azul.

Me muero por saber si el leve quejido que escucho proviene de tu cuerpo, tan cercano ahora a pesar de la distancia porque no nos conocemos. ¿Sentirás lo mismo que percibo a pesar de que mi mano no ha sido tan atrevida como la tuya?

Oigo voces que se acercan y disimuladamente retiras la mano y la cobija cae al suelo; aunque finjo seguir dormida, lo celebro, pues ya comenzaba a sentirla como un estorbo. El autobús se detiene; las luces interiores comienzan a encenderse desde atrás hacia al frente, como el encendido de un árbol de Navidad. Decido no moverme para darle la permanencia a este efluvio de placer.

Te levantas sin mirarme y te desperezas a tus anchas. Sales con calma del autobús, como si acabaras de despertar de una larga y tierna siesta. Me resigno a pensar que el tiempo sea insuficiente para obtener más información del protagonista de esta extravagancia. Ni siquiera te volteas a echar una última mirada al más reciente objeto de tu pasión desvergonzada.

Ajusto rápidamente mi impávida falda y me acomodo para aguantar varias horas más de viaje. Mientras busco el sueño me convenzo de que el encuentro insolente de tu mano y mi cuerpo estaba escrito en nuestros destinos.

El talón de Aquiles

Pronto llegará, el día de mi suerte,
sé que antes de mi muerte,
seguro que mi suerte cambiará.

Con su canción favorita como telón de fondo, Adela Marí reduce de sopetón la velocidad de su Corveta blanca del 67 mientras transita la avenida Los Mártires del Lunes. Se pregunta si le dará tiempo para desviarse hacia una de las calles laterales antes de que suceda lo inevitable.

Maldice la hora en que se distrajo por una milésima de segundo mirando al chico que esperaba el autobús. El muchacho cargaba una bolsa de lona verde, de la cual asomaban latas y botellas. Por lo menos eso era lo que parecían a diez pies de distancia. Adela Marí precisa localizar un comercio cercano para comprar leche para sus dos hijos. Distraída en su preocupación de índole doméstica olvidó cronometrar el paso por la avenida. Ahora lo irremediable está a punto de suceder.

El Volvo plateado que va al frente de su Corveta no da indicio de que acelerará, a pesar del bocinazo que acaba de propinarle. El conductor saca el brazo por la ventanilla y le responde con el dedo corazón y solo entonces acelera. Con la luz amarilla seduciéndola desde el viejo semáforo de madera, Adela Marí apresura la marcha, pero la luz cambia a roja. Muy a su pesar debe detenerse para no atropellar a la anciana que cruza entre la metamorfosis de luz amarilla a roja del semáforo. Se pregunta si sería mejor arrollarla y así evitar lo ineludible.

El placer que siente al conducir este auto de colección se esfuma. Frente a un semáforo rojo, a Adela Marí le urge quedar en segundo lugar, en tercer lugar, en cualquier lugar, menos el primero. Cierra los ojos como si estuvieran sellados. Al abrirlos, se sorprende encontrar al conductor de la derecha que, ante la mueca de dolor en su rostro, la observa con insistencia. Tratando de controlar sus manos temblorosas, Adela Marí se pone las gafas de sol, esas que apenas usa por obedecer las órdenes de su padre: "A las mujeres exitosas no les hacen falta esos disfraces".

Sube el volumen de la radio, y el rugiente motor reconstruido palpita al ritmo de la salsa gorda que sale de las dos bocinas digitales.

Esperando mi suerte quedé yo
Pero mi vida otro rumbo cogió
Sobreviviendo en una realidad
De la cual yo no podía ni escapar.

Adela Marí hace un esfuerzo y pone toda su atención en la música, en un intento de que los latidos de su corazón sean solo un susurro.

—Maldita sea la hora que me vine por aquí —dice para asegurarse que no ha perdido la voz.

A pesar de la potencia del acondicionador de aire, las gotas de sudor le resbalan en despiadada peregrinación desde la frente y sus axilas. Maldice en silencio por no haber tomado la precaución de usar una camisa de mangas, un desodorante más fuerte, de haber dejado la gorra en el baúl. Los recios músculos que cultiva con las clases de ballet y el entrenador personal no vienen a su auxilio; el sudor sigue con impunidad su misión de exudar galones de cobardía.

La realidad es que Adela Marí hace de todo para evitar la situación en la que se encuentra cuando transita por la ciudad en uno de sus automóviles. Durante los veintiséis años como conductora se ha ocupado de calcular las distancias para evitar ser la primera en cualquier fila de vehículos frente a una luz roja. Ha estudiado mapas de todo tipo. Repasa minuciosamente los análisis sobre el tráfico vehicular que las agencias a cargo de las carreteras hacen periódicamente. Conoce al dedillo la duración de segundos entre la luz amarilla y la roja de cualquier semáforo en las rutas. Sabe de memoria la secuencia entre semáforos y cómo evitar el filo entre la luz amarilla y la roja. Su cortesía en la carretera es legendaria; con tal de lograr la misión de no ser la primera frente a un semáforo rojo no escatima en dejar que los vehículos rebasen el suyo, aun si sacrifica la puntualidad.

Con un rápido cálculo mental estima que restan cuarenta y ocho segundos de martirio como la líder en la fila de vehículos. El revólver Smith & Wesson que esconde bajo las revistas de negocios sobre el asiento del pasajero no le aporta, por primera vez, consuelo. Compañero inseparable desde que la asaltaron, el arma no tiene la capacidad para sacarla de este robo a su sentido de orden.

Adela Marí intenta recordar cómo persignarse. Piensa en llamar a Marcos, pero cambia de opinión; en lo que él llega al teléfono, que siempre deja en la cocina, seguro que la luz cambiará. Pondera la alternativa de orar una de esas plegarias que su hermana mayor recitaba cuando llegaba tía Yoli borracha o empericada. La tía materna, sin empleo o pareja fija, que no había tenido más remedio que acogerlas a ella y a su hermana en su apartamento cuando su madre, la hermana perfecta que tanto odió, murió, asesinada a manos del marido médico.

Llamar a uno de sus empleados de confianza no tiene sentido. Comprometería su apodo de la Magnate de Barrio Ayunas, el cual tiene bien ganado. Ha montado un pequeño imperio comercial sin educación, sin padres, sin otra guía que su voluntad y el empeño de que nadie cuestione su capacidad como líder.

—Sea la madre de la vieja, la leche y al imbécil que calibró este semáforo —balbucea haciendo muecas en un intento de desviar las gotas de sudor—. Sea la hostia.

Doce segundos restan para que la amenaza toque a la puerta de su adoptada hombría. Por segunda vez en su vida se le humedecen los pantis. Le llega el humillante aroma de orín, fruto del miedo mezclado con los dos tragos de vodka de la cena de negocios. El espejo retrovisor le devuelve magnificada la imagen de la fila de carros que encabeza para la misión de arrancar a tiempo y sin titubeo cuando la luz cambie a verde en unos segundos.

Adela Marí recuerda la primera vez que se sintió débil. Tenía diecinueve cuando guió un carro por primera vez junto a su tía Yoli. Después de salir corriendo de una clase en la universidad para recogerla en el punto de drogas a seis cuadras de la casa, su tía la acusaba de ser igual de mojigata y cobarde que su madre. Adela Marí era la primera en fila frente a una interminable luz roja. Al cambiar a verde, titubeó y no pudo presionar a tiempo el acelerador. Las burlas y gritos de la tía empericada, sumados a los bocinazos inclementes, la paralizaron. Adela Marí abandonó el carro allí mismo y juró nunca volver a someterse a esa humillación.

> *Te juro que no puedo fracasar*
> *Estoy cansado de tanto esperar*
> *Y estoy seguro que mi suerte cambiará*
> *Y ¿cuándo será?*

Adela Marí abre los ojos. La ardiente luz roja le guiña seductora y se transmuta en luz verde. Con el pie derecho busca el pedal del acelerador, pero a pesar de la costumbre fracasa en su intento. La pequeña mariposa tricolor que lleva tatuada sobre la yugular se retuerce con el esfuerzo que hace al mover el pie derecho. Es inútil, siente como si dos bloques de concreto lo fijaran contra el suelo. Trata de acelerar con el pie izquierdo, pero este se une a su parálisis mental.

La orquesta disonante de los vehículos comienza; el desespero es tal que intenta alcanzar el acelerador con la mano, pero su usualmente fiel extremidad también rehúsa responder a su autoridad. El estruendo de todas las bocinas de la ciudad que esperan que ella, Adela Marí Rivera, alias la Magnate de Barrio Ayunas, dé el paso decisivo para continuar con sus vidas, le nubla el entendimiento.

Adela Marí toma la decisión: empuña el revólver y sale del carro. Se voltea y mira a la sarta de carros activados por las cornetas. Apunta hacia ellos. Se ríe al ver como los bocinazos mueren. Gira a ver el semáforo y basta un tiro para que este estalle y se desparrame sobre el pavimento. Desde algún auto alguien dispara. Adela Marí se tambalea. Antes de caer, antes de su último suspiro, observa el desafiante parpadeo rojo del semáforo que se extingue al igual que ella sobre el frío empedrado.

Estoy cansado de tanto esperar
Y estoy seguro que mi suerte cambiará
Pero ¿cuándo será?

El reto

Si tuviera que identificar al protagonista de su emoción, Renata de la Matta Ortiz no vacilaría en señalar al motor que acaba de reensamblar como el causante.

Suspira. Es lo único que puede hacer tras el duro pero fructífero día en su taller de mecánica. Sonríe al contemplar su hazaña: la reconstrucción del motor de un Fiat 500. Este ya no dependerá de los precios caprichosos que dicta la Organización de los Países Exportadores de Petróleo. Gracias a su empeño, de hoy en adelante el Fiat solo utilizará etanol. Satisfecha, Renata mira nuevamente a su alrededor, acaricia las herramientas grasientas, la ropa sucia. Se siente orgullosa del logro.

Renata no anticipó lo que sentiría tras

instalar el último cilindro en el motor. Hace tiempo que no siente ese tipo de placer. El éxtasis físico le sobra pues amantes nunca le han faltado. Aprendió desde muy joven a esconder la inteligencia y el sarcasmo detrás de su torneado cuerpo, la abundante cabellera negra y la dentadura perfecta, cortesía de los genes paternos, pero nada como el bálsamo que obtiene al lograr la hazaña de resolver lo desconocido. La experiencia le dicta que por la puerta de los retos accede a otras sensaciones y aventuras.

Ágil, a pesar del tiempo que lleva sentada sobre el suelo de su taller, Renata se levanta. Si fumara, este sería el momento de encender un cigarrillo, echarse hacia atrás y disfrutar la ocasión, pero ver morir a su padre de cáncer pulmonar y tener un novio dependiente de la nicotina para sonreír, fue lo suficiente para que jamás lo intentara. Juró que no dependería de vicios para disfrutar de la vida.

El celular no cesa de timbrar a lo lejos. Hace un repaso mental de quiénes la pudieran llamar. Es muy temprano para que su hija Mercedes la llame desde Australia. Quizás sea Leopoldo, la última conquista, asegurándole que consiguió los boletos para el concierto de la banda argentina de rock que tanto le gusta. Leopoldo tendrá que esperar. Ella va a celebrar.

Camina hacia su pequeña oficina dentro del taller. Sonríe y cuelga el letrero en la perilla de la puerta: PHOHIBIDA LA ENTRADA. Entra y cierra con llave. Se alegra de no haber apagado el acondicionador de aire; las ráfagas frías se conjugan con las riadas sudorosas que le corren por el cuerpo. El calor y el cansancio van cediendo de a poquitos.

Guarda el celular, descuelga el teléfono de la oficina y apaga la computadora. Saca la botella de vino blanco del pequeño refrigerador colocado sobre el escritorio y se sirve una copa. Activa las bocinas del componente con el control remoto. El *Bolero* de Ravel llena la oficina. Amortigua la luz y se acomoda en el sillón de cuero que ocupa casi la mitad del espacio. Cierra los ojos y recuerda la primera vez que escuchó la melodía. Estaba en la sala de los abuelos maternos sentada en uno de los sillones de pajilla. La abuela la amonestó: los muebles son caros, llevan muchos años en la familia. Algo hipnótico en la música despertó desde entonces el deseo de tener algún día la oportunidad de celebrar al compás de este ritmo un evento importante. Renata comienza a relajarse.

Recurre entonces a uno de sus rituales favoritos: repasar cada uno de los pasos que tomó antes de lograr lo que se ha propuesto.

Analiza cómo instaló los nuevos colectores de admisión y escape en el motor del vehículo. Escape; pronunciar la palabra la remonta a cuando escuchó por primera vez hablar de un combustible fruto del maíz fermentado. Para ese entonces estudiaba mecánica automotriz, luego de haber trabajado como profesora de historia latinoamericana. Un colega quien recién había ido a Brasil contaba cómo se realizaban las primeras pruebas del impacto del etanol en los colectores de escape.

Renata recuerda la primera vez que se interesó por la mecánica. Fue en el taller de su padre durante los días de visita. El olor a aceite, a gasolina, las piezas grasosas que luego relucían en los motores. Todo se conjuraba para despertar la curiosidad y conocer cómo funcionaban los motores en los que el padre trabajaba. Luego, cuando regresaba a casa de la madre, embadurnada y apestosa a aceite, esta la metía bajo la ducha y la amenazaba con prohibirle las visitas. Desde entonces sintió verdadero placer solo cuando hacía aquello que estaba vedado.

De joven había decidido estudiar mecánica y seguir los pasos del padre, pero el destino, encarnado en un hombre joven y apuesto, y sus excelentes calificaciones, la llevaron a la facultad de humanidades. El afán de honrar el apellido materno, y desterrar de su memoria los días felices entre bujías y cilindros, la empujaron a escalar los retos hasta alcanzar un doctorado en Historia y Artes. El logro fue orgullo de la madre que, atrapada en un empleo insignificante en una agencia gubernamental, lamentaba haber abandonado los estudios universitarios por el embarazo imprevisto.

Su madre. Siempre decía que la familia era su válvula de escape. Válvula. Renata ríe pues uno de los retos mayores que había enfrentado hacía unas horas fue instalar válvulas con la capacidad de aguantar mayor esfuerzo y compresión. Se cercioró de que las bujías tuvieran el grado térmico correcto. Bujía, recuerda, el apodo con el cual la bautizó su padre con el argumento de que ella era la pieza que hacía saltar la chispa de su vida.

Toma un nuevo sorbo de la copa de vino, se quita las zapatillas de correr y se acomoda mejor en la silla.

Comienza a sentirse estimulada, tal y como se sintió al lograr variar el avance del encendido de su Fiat, o como cuando, luego de su segundo divorcio, decidió utilizar los ahorros para comprar el taller de mecánica y abandonar la carrera académica. Pequeños y grandes momentos importantes de su vida. El segundo esposo fue un historiador español que conoció cuando fue invitada a impartir una conferencia sobre los caudillos latinoamericanos del siglo XIX. El recuerdo de ese primer encuentro furtivo en un cuarto de baño universitario en Barcelona la relaja, y desliza sin timidez su mano por debajo de la camiseta sucia para alcanzar su seno derecho. El pezón iza bandera y responde generoso.

Renata siente el cuerpo carburar provocándole una sensación placentera, igual a la que experimentó cuando instaló las bombas de cromo en el nuevo motor del Fiat.

Ravel da paso a una salsa pegajosa. Renata se contonea al ritmo de *Vagabundo y triste, solo yo he vivido, todo lo que tengo, yo lo he conseguido.*

Despacha otro sorbo de vino por sus labios ávidos. Ahora desliza la mano hasta la entrepierna. El efecto del alcohol hace ceder las inhibiciones y le place imaginarse que el motor del Fiat percibirá esa sensación de sorpresa y maravilla la primera vez que reciba los matices de un nuevo combustible: tentador, prometedor, desafiante. Luego de tomar un trago largo y poderoso, Renata descarta hacia un lado la copa, y el cuerpo sucumbe al ritmo que retumba por las paredes.

Renata hace un esfuerzo mental para dejar a un lado la preocupación por la instalación correcta del diafragma de la bomba de combustible. Las manos continúan la tarea de asegurarse que su cuerpo esté listo para la combustión. La tentación de que todo ocurra en ese instante es de fuerza mayor, pero la disciplina siempre ha sido una aliada de su goce. Se levanta, se quita la ropa a toda prisa, y corre al taller. Enciende el motor de su Fiat y se acuesta sobre el capó. La combustión al ritmo del motor de etanol es diáfana; el grito de Renata es una mezcla de tormento y regodeo. Nadie la escucha gracias a la generosidad del etanol.

Satisfecha se voltea y, acompañada de las

primeras notas del Allegro de Mozart, se recuesta sobre el capó para celebrar sin prisa el que todavía el mundo se posa a sus pies.

La felicidad

El mejor indicio del éxito no fueron los fogosos aplausos de sus colegas, sino el pálpito que sintió en el pecho Anne Aimé Bergero en el Colegio de Comisarios de la Comisión Europea. Había defendido con espíritu y entrega su propuesta sobre la obligación de la entidad con la crisis económica internacional. La aprobación de los préstamos por 80 mil millones de euros a Grecia era un buen comienzo. Anne no fue la única delegada que argumentó a favor, pero su ponencia había sido la más enérgica. Bastaba echarle un vistazo al entusiasmo entre los intérpretes al blandir las manos y brazos.

Defendió los puntos principales en francés, su lengua materna, pulida en L'Université Paris-Sorbonne. Recurrió al alemán cuando notó los cabeceos del comisario de ese país. Una que otra palabra en latín salpicó el discurso, lo cual dejó fuera de cualquier duda la educación de la francesa que había labrado un nombre en diferentes embajadas europeas.

Tras intercambiar saludos al salir de la sala, Anne miró al reloj Hermes. El cuerpo le pedía un cambio de ambiente. Merecido tenía ese privilegio, pensó, pues su entrega en esos últimos meses había sido absoluta.

Ahora solo sabía que necesitaba airearse, y abastecer la despensa, que exigía a gritos algo más que cajas de cereal y leche envasada al vacío. Emprendió rumbo al Leopold Park, vía la Rue Froissart. La caminata le hizo recordar las visitas a esa misma ciudad junto a sus padres, ambos diplomáticos con la misión de convertir a los tres hijos en ciudadanos del mundo. El hermano mayor de Anne se decidió por la medicina. Ejercía como cirujano cardiovascular en Berlín. Su hermana menor era una destacada profesora de filosofía en Oxford.

Anne optó por seguir los pasos de sus padres, deslumbrada por la posibilidad de terminar con el hambre, la pobreza y las guerras. Desde pequeña descolló en la escuela y nadie dudó que fuera a lograr la meta de ejercer un cargo político de renombre. A los nueve años ganó una medalla en su ciudad natal, Neuilly Sur Seine, por recaudar novecientos cuarenta y ocho francos para una escuela de inmigrantes.

Recogió el dinero vendiendo limonadas en el parque donde cobraba como toda una profesional con la caja registradora de juguete que atesoraba desde los cuatro años. Causó simpatía en más de uno que la niña sirviera las limonadas luciendo unas gafas de sol de adulto.

Anne miró su reloj y se sorprendió al ver la hora. Dio la vuelta y se dirigió a la estación del metro más cercana. Pensó por unos breves segundos y decidió tomar el tren hacia la estación de Demey. Allí estaba su supermercado favorito, con un buen surtido de frutas frescas y siempre repleto de gente.

En el tren se reía sola al recordar las caras sorprendidas de algunos de los colegas que no dudaban de su capacidad, pero que jamás imaginaron su fogosidad por las causas en las que creía. No podía esperar a contarle en la cena esa noche a su esposo, Antoine, sobre lo que había ocurrido y verificar en la Internet los reportes periodísticos sobre las ponencias del día.

Llegó a la tienda y sacó la lista de artículos que necesitaba para esa semana. Antoine, diplomático de la Organización de las Naciones Unidas, ya había ido al supermercado la semana anterior, pero necesitaba varios productos para la fiesta de las gemelas que cumplían ese día once años.

Si diestra era para esgrimir verbos y sustantivos en varios idiomas, más lo era a la hora de recorrer el supermercado para hacer compras sin perder tiempo. Satisfecha con la selección se dirigió a la caja registradora. Mientras esperaba por su turno observaba a la cajera devorar una gastada goma de mascar con las mandíbulas sincronizadas al segundo. Con indiferencia, esta tomaba los artículos del cliente frente a ella con esas uñas acrílicas que no se inmutaban al paso de cada objeto por el escáner.

A Anne siempre le maravillaba la tecnología que permitía pasar un artículo por ese aparatito atornillado a la correa para transmitir el precio a la pantalla digital. Lo que más le prendaba era el peculiar ruido que hacia la caja cuando el escáner fallaba y el cajero tenía que ingresar el precio con el dedo índice derecho. El sonido de 2.99 era muy diferente al de 4.95, había descubierto Anne. Más intrigante era la marcada diferencia entre el 3.97 y el 3.99, a pesar de la brecha escasa entre los montos. No entendía la frustración de la cajera cuando el escáner no funcionaba y tenía que ingresar los números a mano. ¿Por qué se quejaba? A ella siempre se le hacía mágico ese sonido hueco, pero colmado de sentido. Además, al menos la cajera tenía una alternativa ante una crisis contrario a lo que ella llamaba los griegos del mundo, esos países ahogados por el cruel manto de la deuda.

Cuando le tocó el turno, los doce artículos pasaron el cedazo del dispositivo digital; la cajera sonreía pues no arruinaría sus uñas con el tedio del repiqueteo. Fue en ese preciso instante cuando la indignación de Anne tocó fondo y escaló al punto de ebullición. El celular comenzó a timbrar, pero lo ignoró. Su afán en ese momento era sacar los artículos que la cajera, sin formalidad alguna, había colocado dentro de las bolsas.

Con la misma pasión con la que ayudó a rescatar a los griegos, Anne depositó los artículos nuevamente sobre la correa, caminó a la caja registradora y se colocó al lado de la cajera que la miraba atónita. La echó a un lado. Mientras la empleada la miraba sin saber qué hacer, Anne tomó cada artículo en sus manos y, sin dejarlo pasar por el ojo electrónico del escáner, estampó con gusto en el teclado cada precio: 2.79; 2.89; 3.49. "Mágicos los sonidos vanos, pero con dirección certera", pensó. La combinación del 49 daba el mejor sonido; hizo una anotación mental para decírselo al gerente en la próxima reunión de la plantilla laboral.

Al concluir la faena, Anne siguió con el próximo cliente. Saliendo del estupor la cajera gritó:

— ¡Service!

Feliz de ver la fila de clientes fluir, Anne continuó con el tecleo seductor y sintió, por primera vez en muchos años, orden en sus pensamientos. Números más números, más impuestos de ventas, sumaban solo números.

Cualquier crisis se resolvía con apenas restarle o sumarle otro número, sin perturbar egos. Le fascinaba la idea de que en la noche solo tendría que pensar en que un número más otro daría una cifra más grande. Nadie perdería el empleo o casa por lo que hacía; no le faltaría el sueño por la preocupación de que funcionarios inescrupulosos pudieran robar el dinero del pueblo. O pensar en la posibilidad de que el comisario del país "X" votaría por la resolución del comisario del país "Y" solo porque apenas tuvo tres eyaculaciones con él en una noche. Latente siempre estaba el riesgo de que el país "Z" no votara por la resolución del país "R" por la indignación sufrida al recibir de regalo para la celebración del año nuevo una botella de vino cualquiera.

—¡Service des urgentes! —gritó la cajera.

Dieciocho artículos pasaron por las diestras manos de Anne. El gerente finalmente se acercó ante la insistente llamada de auxilio de la empleada. Miró con abierto desconcierto a la nueva cajera. La admiración de los clientes en la fila aumentaba ante la pasión desmedida con la cual Anne tecleaba el precio de cada artículo, por el cuidado con el que tomaba cada uno de ellos en sus manos como si fueran un huevo Fabergé. El gerente se acercó a Anne para hablarle, pero ella lo ignoró. La cajera se marchó pues su jornada ya había concluido.

Anne siguió en la caja registradora con

una sonrisa cautivadora que aumentaba el entusiasmo de los clientes. Muchos se cambiaron de otras filas para que ella los atendiera sin importarles que esto retrasaría su salida de la tienda. Su velocidad al teclear era incomparable y el gerente, que venía cada quince minutos para comprobar la cordura de la mujer, decidió que plantearía a la alta gerencia de la cadena multinacional volver al viejo sistema del tecleo.

Después de cinco horas frente a la caja registradora, Anne se detuvo por primera vez. Le pidió a la próxima clienta que esperara en lo que ella corría al baño. La palabra correr se quedó corta pues en realidad casi voló y ya estaba de regreso frente a la caja cuando el gerente venía con la llave para cerrarla. A medianoche, Anne no quiso moverse del lugar.

—Es hora de cerrar la tienda —explicó el gerente—. Venga mañana y firmamos todos los documentos para emplearla.

Anne lo miró como si estuviese loco y por unos segundos el gerente se cuestionó si el loco era él. Tres guardias de seguridad vinieron a sacarla, pero la mirada indignada y amenazante de Anne fue suficiente para que desistieran de su propósito. Al final, se marcharon todos los empleados convencidos de que la mujer recapacitaría durante la noche una vez se encontrara a solas.

En la oscuridad, Anne escuchó el tintineo insistente del celular. Decidió contestar sin dejar de teclear en la caja registradora para seguir afinando su destreza.

—Anne, ¿dónde rayos estás? —preguntó Antoine.

—Trabajando.

—¿A esta hora?

—Sí.

El silenció se apoderó de la línea telefónica hasta que Anne retomó el tecleo fascinada con el sonido que hacía la combinación del 78.

—¿Qué es eso que escucho? —preguntó Antoine.

—La caja registradora.

—¿Cuál caja?

—La del supermercado, ¿cuál más?

El velo del misterio se deshizo. Por primera vez en muchos años Antoine no sabía qué pensar.

—¿Cuál supermercado? —insistió Antoine.

—Donde siempre vamos.

Al otro día, un diario cibernético publicó el tumulto que se formó frente al supermercado cuando Antoine llegó con tres oficiales de la policía. Tuvieron que esperar hasta las seis de la mañana para que llegara el gerente de turno.

Antoine corrió hacia la tienda y vio a Anne durmiendo sobre la correa frente a la caja registradora.

—¡Anne! —gritó.

Anne despertó. Al ver a su marido y los policías se aferró a la caja registradora.

No hubo forma de convencerla de que no era cajera y que tenía una vida fuera del supermercado. Anne simplemente rehusó abandonar el lugar. La gerencia de la cadena de supermercados decidió dejarla allí y contratar a un siquiatra que, tras observarla por varios días, confirmó la sanidad mental de la mujer. Además, en las dos semanas que llevaba Anne en el puesto, las ventas habían subido un 53.8 por ciento, gracias a la curiosidad que desató su pasión numérica, los reportajes periodísticos, su legendaria amabilidad y el don de tratar con delicadeza y sin apatía cada objeto en su mano. La gerencia le habilitó un pequeño cuarto con ducha y le regaló siete uniformes, además de dar instrucciones en la cafetería de que la alimentaran.

Antoine y las gemelas la visitaban periódicamente. Anne parecía no reconocerlos, excepto cuando pagaban por un artículo cuyo precio terminaba en los mágicos dígitos que la remontaban al yugo griego: 80. Entonces Anne escuchaba el resultado melódico del tecleo, los miraba, les sonreía y les guiñaba el ojo derecho.

El secreto

Desde el escenario, el exiguo número de fans parece el remanente de un hormiguero recién aniquilado por un insecticida eficaz. Linda, mejor conocida como la Güima, atisba la concurrencia detrás de la improvisada cortina de tela de saco.

El ritual que sigue es harto conocido para la Güima, pues lleva veintitrés años regentando la pequeña banda de música para amenizar bodas, graduaciones, quinceañeros y fiestas patronales. A pesar de las giras, las caderas anchas que gozan de universalidad y memoria larga, el video en YouTube con 83 *hits* y un disco grabado con un sello independiente, la Güima es poco conocida. Los críticos del país han pisoteado su única producción, *La tarántula de tu vida,* despachándola como inconsecuente.

El bajista, Joshua, el único con fervor religioso de "la tropa de la Güima", como se conoce a la banda, se persigna. Las otras dos mujeres de la banda, Puruca, la pianista, y Jazmín, la saxofonista, se turnan para mirarse en un pequeño espejo fragmentado. Los rayitos pintados del pelo de Puruca resplandecen, enlazándose con las disimuladas arrugas de su rostro casi perfecto y meticulosamente maquillado. Jazmín confirma ante el espejo que tampoco ha perdido su atractivo a pesar de los tres nietos.

La Güima no tiene necesidad de mirarse pues conoce el reflejo que devolverá el espejo: una mujer cincuentona, sin una gota de maquillaje que oculte las líneas trazadas por una vida llena de pasión a pesar de los fracasos como vocalista. La sonrisa siempre está presente, aunque jamás pasó por el consultorio de un ortodoncista para que le enderezase los dientes torcidos y protuberantes. De ahí viene el apodo de Güima que lleva desde niña, aunque prefiere pensar que, a su manera, ha sido su propia conejilla de indias.

La cortina sube. La Güima sonríe complacida al ver la nitidez celestial. Esta vez no tendrán que batallar contra la lluvia o el calor. Se toman de las manos. Todos como ella, en la plenitud de su quinta década, buscan probar que aún están en la onda con interpretaciones musicales que procuran ser un grito de rebeldía.

—Lo máximo, compañeros —grita con entusiasmo la Güima al irrumpir en el escenario tomada de las manos de sus camaradas. El alarido ensayado hasta la saciedad da pie al rito ecuménico de manos con el típico *uno-dos-tres* al unísono.

—¡*Yes*! —responde Mano el baterista.

En un apoteósico trance, ella y los músicos se imaginan la transformación. Los apretados atuendos de cuero negro, que continúan fielmente cediendo a las libras y los años, contribuyen a la ilusión. Cierran los ojos para olvidar que la plaza pública, con cabida para miles de personas, apenas ha convocado a un centenar a la fiesta del municipio. Cantar y desquitarse con la guitarra eléctrica es lo que importa. La Güima vocifera, clama y llora las canciones protagonistas de lo que a ella se le antoja definir como gloria.

Por la tarima ya han pasado el payaso, los reguetoneros, los salseros, el solista merenguero, el trío de boleros y el DJ de música electrónica. El alcalde se ha asegurado del voto de los ciudadanos al cubrir todas las bases musicales. La banda de la Güima complace a ese minúsculo pero vociferante grupito que los alcaldes despachan con el mote de "los misceláneos". El contrato no escrito siempre establece que la Güima debe tener canciones para la izquierda, para las feministas, los defensores del medio ambiente y, por supuesto, para los que Jazmín llamaba los "desterrados de la tierra". El acto de la banda es el cierre oficial.

La noche continúa sin contratiempos que destruyan la magia de ser reina del escenario, de imaginarse ser escuchada y adorada. Con un rasgueo violento a su guitarra y su habitual desafinación, borra el recuerdo del jefe de la disquera internacional que le recomendó, si quería ser famosa: tomar clases de canto, tocar música menos tenebrosa, bajar de peso, encausar los dientes frontales y dejar de vestirse como una 'lesbiana'. Le recomendó, además, no revelar que se ganaba el sustento como traductora de textos escolares.

Están a punto de culminar el concierto. Apenas queda una treintena de personas y la voz de la Güima comienza a fallar. Alguien clama por *Insolación*, la canción del cantautor cubano a quien le negaron la visa para entrar a los Estados Unidos. La Güima decide complacer el pedido. Con tres dedos hace un gesto a los músicos. Suenan los primeros acordes. La canción se filtra por el público, pero este sigue indiferente a pesar de los alaridos de los vocalistas-músicos. Dos grupos enfilan hacia la salida para satisfacer su necesidad de diversión en otro lugar menos deprimente.

Una asistente, irritada con la voz chillona y discordante de la Güima al vocalizar su canción favorita, busca con afán dentro de su bolso. Maldice que hubiesen prohibido las botellas de vidrio. Lo único que identifica como proyectil son unas gafas plásticas que la firma de gaseosas había regalado durante la participación del dúo de reguetoneros. Con furia, las tira hacia la vocalista principal, a ver si deja de berrear. La Güima las atrapa al vuelo y decide ponérselas, a pesar de la oscuridad de la noche.

Magnánimas, las gafas ocultan un trozo generoso de la cantante, sin impedir que pueda extraer de su guitarra combinaciones de notas acentuadas con bemoles y salpicadas con grados apetitosos de pianísimo y fortísimo. La oferta musical no ha cambiado, pero la imagen de la Güima con gafas comienza a acaparar la atención del público. De repente ven magia, promesa, poder, misterio, talento. Como si la música activara un resorte, la euforia comienza a arropar a los asistentes y sus cuerpos no vacilan al responder con embriaguez a la serenata melodiosa. Puruca y Jazmín no salen de su asombro. El público comienza a tirar otras gafas a la tarima. Los músicos no titubean, las recogen y se las ponen, igual que la jefa. La banda se anima con la energía del público y responde a su enardecimiento.

Cientos de personas hacen su aparición en minutos, atraídos por el jolgorio. Poco les importa que no conozcan las canciones, que suenen anticuadas o sean una repetición de las que han tocado minutos antes. La imagen de los músicos enmascarados ha causado entusiasmo.

Incrédula, pero feliz, la Güima enloquece de placer. Cuando intenta quitarse las gafas de sol para limpiarse el sudor que se ha acumulado entre los surcos de la frente, el público grita:

—¡No, no! —aúllan, convencidos de que la magia del concierto terminará una vez los músicos se quiten las gafas—. ¡Otra, otra, otra!

Dos horas más tarde, la policía municipal recurre a amenazar con la macana al público para que se vaya. Nunca habían visto una multitud tan grande en una fiesta patronal. Controlan al gentío y escoltan a la banda al alquilado y destartalado autobús escolar.

Desde ese concierto el público jamás ha vuelto a ver los ojos de la Güima y sus compañeros de banda. Su *hit*, *Mis gafas de sol*, ha sido galardonado con un Grammy tras clasificar en las listas internacionales de Billboard. En la foto oficial de todos los ganadores latinoamericanos de premios, la Güima posa orgullosa con sus gafas de sol y el preciado premio. A su lado, el resto de los ganadores, los siete engafados reguetoneros luchan, por sexto año consecutivo, por no caer bajo el peso de sus numerosos premios.

Agradecimientos

Detrás de mis inseparables gafas de sol escondo un secreto: una vida extraordinaria fraguada a fuerza de dejar fluir los sentimientos y ser protagonista de inolvidables experiencias. Muchas han sido cortesía de mi brújula existencial al ser firme creyente de que no hay casualidades en la vida.

Les cuento. Animada por mi amiga Ivonne García Acosta, tomé a principios de la década de los 90 dos talleres de cuentos con el escritor Luis López Nieves. Al finalizar los mismos perdí contacto con él. Dejé de escribir cuentos seducida por la maternidad, el cine y nuevas oportunidades como periodista. Pero la inquietud de retomar el oficio siempre estuvo ahí.

Hace tres años tuve un reencuentro inesperado con Luis en la defensa de tesis de maestría en Traducción de mi amiga-hermana Melba Ferrer. Meses más tarde volví a verlo por pura casualidad, y me habló sobre la maestría en Creación Literaria que creó para la Universidad del Sagrado Corazón. Aunque había leído sobre esta, jamás pensé volver a la universidad. Pero tomé esos encuentros casuales como una señal existencial y solicité admisión.

El primer día de clases decidí darme de baja abatida por los estragos de una tormenta que nos había dejado sin agua y energía eléctrica por dos semanas. Al comunicárselo, la reacción de Luis fue tan contundente y honesta como su legendaria personalidad en el salón de clases: "Si no comienzas ahora no lo harás nunca pues siempre tendrás una excusa". Lloré y maldije la hora que me lo encontré, pero llegué a la clase (aunque una semana tarde).

Sobra decir que le estoy sumamente agradecida a Luis por su persistencia, las palabras fuertes y la exhortación a que publique. A él le debo también la inclusión de dos de mis cuentos en *Te traigo un cuento*, una antología de la Editorial de la Universidad de Puerto Rico publicada en el 1997.

Le estoy también agradecida a mis fenecidos padres, Alvilda Picó Bauermeister y Enrique Bird Piñero, quienes inculcaron en sus diez hijos el amor a la lectura. A mis hermanas Ana Marta y Alvilda, gracias por fungir sus roles de tías con generosidad lo cual ha permitido que le dedique tiempo a escribir ficción.

Estimulante también ha sido el compartir con mi querido tío jesuita, el prolífico historiador y escritor Fernando Picó Bauermeister (tío Nene), con quien he estrechado lazos afectivos durante esta última década en nuestras tertulias en Cayey.

A mi esposo Johnny, a quien conocí mientras viví en la inolvidable Costa Rica, mi segundo hogar, gracias por su amor y por tratar (la mayoría de las veces sin éxito) de mantener mis pies firmes sobre la tierra. Y a nuestros hijos, Juan Andrés y Ana Carolina, por las inmortales carcajadas, lágrimas, lecciones, conversaciones, aventuras y sorpresas.

Mi hermana Rosa Julia, profesora y poeta, al igual que incontables amigos, víctimas de mis cartas, anécdotas, blog y correos, también han alentado a que plasme en papel esa melcocha empalagosa de humor y sentimientos que me hace un libro abierto. Destaco también al excepcional grupo autodenominado Los Cayeyanos, amigos genuinos y comprometidos con nuestro país, cómplices de mis andanzas y atrevimientos.

Dos amigos queridos, Jorge Marxuach y María Isabel Pérez, murieron durante los pasados dos años. Sus fallecimientos a destiempo detonaron desconsuelo y el replanteamiento de las prioridades en mi vida. A los hijos de ambos les reitero que gozan del privilegio de llevar los apellidos de estos seres extraordinarios con quienes compartí alegrías, escritos y reflexiones en diferentes etapas de mi peregrinaje.

Agradezco también a mis compañeros y profesores de la maestría en Creación Literaria por sus comentarios y las tertulias. Este grupo incluye a José Benítez, quien no cursó clases conmigo, pero a quien conocí fortuitamente en 2013. José se convirtió no solo en amigo sino en un excelente crítico de mis textos.

A las colegas Awilda Cáez y María Zamparelli les estoy agradecida por ayudarme a pulir el libro. Y el ojo experimentado de las escritoras y profesoras universitarias Sofía Irene Cardona y Ángela López Borrero fue importante para sellar esta aventura intelectual. Sofía Irene, amiga y miembro fundador de Los Cayeyanos, leyó varios de estos cuentos hace muchos años y su entusiasmo desde entonces ha sido clave para llegar a la etapa decisiva.

Es deber destacar en este escrito al venezolano Leonardo Galavís, un amigo entrañable a quien conocí durante mis años de estudiante en la Universidad de Syracuse. El talentoso y apasionado escritor, fotógrafo y director de televisión fue el primer lector del borrador de este libro. Me alentó a publicarlo, al igual que lo ha hecho con otros proyectos creativos como los guiones cinematográficos. Su generosa ayuda, paciencia y apoyo en el proceso de publicación patentiza esa amistad sublime que nos ha unido a pesar de la distancia, el inmisericorde pero enriquecedor paso de los años y los encontronazos existenciales en nuestra dimensión latinoamericana.

No puedo terminar sin destacar, mientras pongo mi mano sobre el corazón, esa magnífica realidad que abandera mi pasión a la hora de hilvanar palabras: la facultad espléndida e irremplazable de seguir siendo Boricua aunque hubiese nacido en la luna.

Los piensa, los quiere,
Tere y María

San Juan, Puerto Rico
2014

Made in the USA
Charleston, SC
12 November 2014